U0599186

青灯有味似、儿时

琦君——著

作家出版社

图书在版编目（CIP）数据

青灯有味似儿时 / 琦君著 .—北京：作家出版社，2021.6（2025.9 重印）
（琦君经典散文）
ISBN 978-7-5212-1251-8

Ⅰ. ①青…　Ⅱ. ①琦…　Ⅲ. ①散文集—中国—当代　Ⅳ. ① I267

中国版本图书馆 CIP 数据核字（2020）第 261282 号

《青灯有味似儿时》经权利人授权在中国大陆地区独家出版发行。

青灯有味似儿时

作　　者：琦　君
责任编辑：省登宇　周李立
装帧设计：琥珀视觉
出版发行：作家出版社有限公司
社　　址：北京农展馆南里 10 号　　　**邮　　编：**100125
电话传真：86-10-65067186（发行中心及邮购部）
86-10-65004079（总编室）
E-mail:zuojia @ zuojia.net.cn
http://www.zuojiachubanshe.com
印　　刷：北京盛通印刷股份有限公司
成品尺寸：142 × 210
字　　数：160 千
印　　张：6.5
版　　次：2021 年 6 月第 1 版
印　　次：2025 年 9 月第 2 次印刷
ISBN 978-7-5212-1251-8
定　　价：35.00 元

目 录
CONTENTS

小 序

来美已忽忽四年半了。客中岁月，赖以自遣的是阅读与写作；得以与朋友们互通情愫的是彼此的作品在报上见面。这就是我迄未停笔的主要原因。

在《玻璃笔》小品文集出版之前，我将一些较长的篇章抽下暂时保留。一年多来，又陆陆续续写了若干篇，乃得以再结集出书。能有此小小成绩，固不敢沾沾自喜，却不能不感谢各位主编先生的催稿，与好友们的殷切关注与鼓励。

我虽身处海外，却经常收到年轻读者与小读者的来信，几乎每一封都告诉我，喜欢看我写童年时代的故事。我也确实有怀念不尽的往事，写不完的童年故事。

有人说缅怀往事是老的象征。我却觉得念旧事的那一份温馨，使我回到童年，使我忘忧、忘老。也使我更有信心与毅力，面对现在与未来。因为我仿佛觉得，当年爱护我、教育我的长辈亲人，仍时刻在我身边。

为了珍惜这一份心情，我决定以本集中的一篇《青灯有味似儿时》为书名。

在本集出版前夕，当我看校样重读《三十年点滴念师恩》与《一回相见一回老》二文时，不免感触万千。因恩师逝世倏将三载，敬爱的沉樱姊那时正卧病医院。我曾多次想打电话向她慰问，哪怕只听到她低微衰弱的声音叫一声“琦君”都是好的。但因生怕引起她心绪的颠簸而怏怏作罢。有一回打到她家中，思明夫妇在医院，是她孙女文琦接的电话。问起奶奶的病况，她无奈地说：“还是那样啊！”我立刻感到与沉樱姊早已是咫尺天涯，只得怅憾地挂上电话。

在寄出校样不久，就收到思薇、思明电话，告知我他们的母亲已告别人间。思薇说，不久前她喜见母亲曾一度清醒，并能被扶起床来，坐在轮椅里推出户外观赏早春来临的景象。她手捧儿女们特地为她买的美丽鲜花，心神愉悦地微笑着赞赏。看去病情似有转机。思薇叹息说：谁知好景只昙花一现呢？沉樱姊原是最爱花的人，在芬芳的花季中，她闻着花香，安详地去了。她是在夜深睡梦中静悄悄地离去的，未曾惊动任何人。

她久病缠绵，这样的不辞而行，对她来说，未始不是解脱。可是儿女们总以不能挽回慈亲的健康，使他们得以菽水承欢为恨。在我们老友心中，悲伤的是想和她再说声“一回相见一回老”都不可得了。

回想在台北时，每次我的作品在报上刊出，她都会很快打电话来予我以赞许。一再地说：“写吧，多写吧，脑子是不会衰老的，笔是愈用愈灵活的。”我来美以后，每有新书出版，都给她寄去。可是她已体力渐衰，接到书，在电话中也无法与我长谈了。最后一次我去思明家看她，她告诉我目力衰退，只能看看题目，不能看内容的小字了。现在呢？她对世间一切都已一瞑不视，不必要懊丧目力不济了。可是我缅怀旧日与她言笑晏晏的情景，焉能免垂老失知音的悲痛呢？

现在新书即将出版，叫我如何寄到沉樱姊手中？

我于心中默默地向沉樱姊祝告：由于您的期许，我会执着地继续写下去。因为我相信您的话，“脑子不会衰老，笔是愈用愈灵活的”。

琦君

一九八八年四月八日于美国新泽西

玳瑁发夹

那枚真正的玳瑁发夹，早已不知去向。现在梳妆盒里保存着的，是一枚深咖啡色塑料质的，形状是一只翩跹起飞的蝴蝶，非常像我几十年前丢失的那一枚。是我偶然在地下车的小摊位上发现，特地买回来的。有时把它取出摸摸看看，也试着别在头发上，但因两鬓渐稀疏总是滑下来，而且现在也没有这种打扮了，就把它留下来作纪念。

真的玳瑁蝴蝶发夹，是早年一位姑妈从上海带来送我的。当时若是什么东西从上海买来，就像从美国或欧洲来的一般稀奇。于是我把它带到学校献宝，同学们当然抢着观赏，不胜羡慕。一位有艺术天才的同学沈琪，最喜欢拿人家头发变花样，在自修课时，她用自己口袋里带的小木梳，把我又乌亮又多的头发，在前额正中盘起两个圈圈。把玳瑁蝴蝶夹子别在发根。我在小镜子里一照，觉得自己像画里画的古装“美女”，就得意非凡起来。好在下一节是图画课，图画老师是位温和的好好先生，我就留着古装头舍不得拆掉。

图画课堂声音太吵，隔壁课堂的纠察队报告了校长，校长就咯咯咯地踩着那双响亮的拔佳皮鞋来查堂了。一听到她的皮鞋声，全堂立刻肃静得鸦雀无声，反把图画老师吓了一跳。

校长直向我走来，厉声地问：“潘希真，你为什么梳日本头？”

我才想起自己的三朵花发髻，却壮起胆子说：“校长，这是古装头，不是日本头。”

“不管什么头，做学生都不准梳，而且除了黑色铁夹子，任何有花的夹子都不许别，你难道不知道吗？”

我已经吓得哭起来了。坐在后排的沈琪，伸手三两下把我的头发抓开，取下了玳瑁蝴蝶发夹。

“给我。”校长又大声地说。

沈琪理也不理，把夹子丢在我的铅笔盒里。

“给我。”校长盛怒地伸手去取。

也不知哪来的勇气，我一把将发夹抢在手里，捏得紧紧的。校长说：“我不记你过，但发夹要留在我这里，星期六你回家时还你。你在家里可以戴，外出不穿学校制服时可以戴。但穿制服、别校徽时就不能戴，你记得吗？”

“校长，她的发夹是黑的，跟头发一个颜色，黑的铁夹子可以别，为什么黑的玳瑁夹子不能别，又不是翡翠别针呀！”沈琪毫无忌惮地说。她是班上胆子最大、反叛性最强的。她长得很漂亮，雪白细嫩的皮肤，红红的嘴唇，校长老是冤枉她搽抹胭脂，气得她直跺脚。有一次，她硬是拉着舍监“裘奶奶”（同学们背地里对舍监的称呼）到盥洗室，当着她用肥皂毛巾使劲地擦脸给她看，要她向校长证明，她的白里透红是天生丽质，不是搽粉抹胭脂，因此裘奶奶和校长都很不喜欢沈琪。有一次，沈琪从家里带来一只翡翠别针，别在白制服大襟前，被裘奶奶一眼看见，一声不响地就伸手把它摘下来，交给了校长。校长把沈琪叫到办公室，狠狠给了她一顿大菜（我们称训斥为“吃大菜”），说她太贵族气，怎可把贵重首饰带到学校里来，完全忽视校规，要被警告一次。翡翠别针由校长收着，当面交还她母亲。

那次沈琪听训完，就跑到训导主任沈先生面前，振振有词地说：“戴一下翡翠别针不过是好玩，没有半点炫耀的心意，校长说我贵族气是不公平的，校长自己才贵族呢！皮鞋永远穿名牌拔佳的。”

沈先生笑嘻嘻听着，等她说完了，才慢条斯理地说：“校长也知道你是为了好玩，但穿制服戴翡翠别针很不调和，所以说你贵族气。你是学生，自然应当守校规。校长并不受穿什么牌子皮鞋的限制。为了穿得整洁、高雅，她当然可以选择自己认为坚固又美观的牌子穿。她劝你不要戴别针是要你守校规，不是个人和你过不去。校规不是校长一个人制定的。校规是团体生活的规范，个人的意愿喜好与群体规范有抵触时，一定要牺牲个人的意愿与喜好，遵守群体规范，人类社会才会和谐，才会有进步。做学生时代，就要养成这种好习惯。你只要多想一想，就不会生别人气了。”

我们一群同学，为了关心沈琪，都拥在训导室的门口听。觉得心平气和的沈先生，讲得蛮有道理，就把气鼓鼓的沈琪拉回课堂。但她一直不开心，所以这次为了我的蝴蝶发夹，她就想起翡翠别针被摘下、刻骨铭心的那件事，因而借题发挥，故意提起翡翠别针。她说话时，一脸的满不在乎。

校长转脸向她说：“我现在不是问你，你用不着插嘴。”她又盯着沈琪看了半晌说：“你的头发又长过耳根了。星期六回家要剪短，如不剪短，我就请裘先生给你剪。”

“裘奶奶，谁要她剪？”沈琪冲口而出。

“你叫她什么？”校长大声地问。

我们都替沈琪捏了一把汗。谁知她马上装出一脸的笑说："我们都喊她'裘奶奶'，她照顾我们就像个慈爱的奶奶。你们说是不是呀？"

沈琪把"慈爱"二字提得特别响，一对顽皮的大眼睛向我们一眨一眨的，故意要征求同意。我觉得她的受责完全起因于我，就立刻挺身响应："是啊，我们都喊她'裘奶奶'。"

后面有的同学，忍不住哧哧地在笑。

大家一时都忘了现在是上图画课，也都忘了好脾气的图画老师。回头一看，原来他一个人站在黑板前面，用粉笔画了一幅画，画的是校长生气地瞪着我的三朵花古装髻，蝴蝶发夹却在半空中飞着，一群同学围着拍手。

校长看了一眼黑板，倒没有怎么生气，却是无动于衷的样子，皮笑肉不笑地对图画老师说："你是艺术家，不会管束孩子。"就转身噔噔噔地走了。

幸运地，她忘了蝴蝶发夹仍旧捏在我手心里。

我们寄宿的同学，八人一间房子，每到周五晚上，熄灯以后，总是坐在床上，摸黑用一条条碎布，把发梢一绺绺扎紧卷起来。裘奶奶的探照灯电筒一照，一个个都躲进被子，把头一蒙。但爱美是女孩儿天性，在被子里仍旧辛苦地把发梢卷好，第二天早上一打开，发梢就向里弯，软蓬蓬的非常好看。因为星期六只有半天课，下午要回家了，走出尼姑庵似的校门，就得漂亮点呀。

走到校门口，向慈爱的工友老头一扬手说声“明天见”，非常神气地走到马路上，头发一甩一甩的，很有风度的样子，因为自觉头发一点也不清汤挂面。

训导主任沈先生，是位和平中正的好老师。他不像校长一天到晚绷着张油光发亮的脸。他总是微露一排龅牙，中间夹着一颗亮晶晶的金牙，不笑也像在笑，一说话更是满脸的笑。我们受了校长的斥责，总是向他去诉苦。我被摘下蝴蝶发夹，也是直奔沈先生，埋怨校长管得太严了。女孩子要漂亮，头发上变点花样，也是生活上的一点调剂呀。

沈先生笑嘻嘻地听着，把一颗金牙完全露出来，慈爱地对我们说：“学校规定你们头发的长度，也不许戴饰物，第一是为了表现团体精神。整齐划一就是一种美。第二是让你们专心学业，不为头发留什么式样而分心烦恼。第三是节省你们梳洗的时间，都是为你们好呀！”

接着他讲了个笑话给我们听：

有一个人，天天为头发梳什么样式而烦恼，烦恼得头发掉到只剩三根，还要去理发馆梳头，她请理发师给她梳根辫子，梳着梳着，头发掉了一根，只剩两根了。理发师抱歉地说:“辫子编不成，就给你搓根绳子吧！”谁知一搓两搓，又掉了一根，连绳子也不能搓了。她生气地说:“你真不小心，算了算了，现在我只好披头散发地回家了。”

我们都笑得转不过气来，沈先生说:“这位女士只有三根头发，多么可怜，你们有满头的乌云，梳个自自然然的学生头，最漂亮不过。你看我就不留西发，只剪个平顶头，自己觉得很舒服、很精神就好了。”

我们都觉得沈先生的平顶头很漂亮，和他的笑口常开很调和，无论他穿长衫或中山装和平顶头都很配合，并不一定要留时髦的西发。我们都很敬爱沈先生，他劝告我们的话，我们都接受。星期六回到家中，将校长对我的责骂和沈先生对我的开导，都告诉送我玳瑁发夹的姑妈。姑妈说:“他们两位都是好老师，学校就像一个家，家有家规，校有校规。一个严厉，一个慈和。这样你们的身心才能平衡。我想校长内心一定也是很宽容的。不然她就不会聘请一位这样慈和的沈先生当训导主任。这叫作‘宽严并济’。”

姑妈是新派人物，女子师范学堂毕业。她一定很懂得教育心理吧！

我们谈着谈着，她就取出一把烫发钳，一盏酒精灯，把钳子放在灯上烧热了，把我前额的刘海微微卷一下，再为我别上玳瑁发夹，我对镜子一照，顿觉自己容光焕发起来。倒觉得在学校里梳着一律的直短发，不必比来比去，放假回家，稍稍打扮一下，格外地轻松快乐。姑妈说："明天星期日，我们逛商品陈列馆去，你喜欢什么我给你买。"

在当年，逛商品陈列馆就像今日逛大都市的购物中心，自是快乐无比。其实，所谓的商品陈列馆，只不过是一座较大的半旧楼房，上下两层走马廊，一间间陈列着不同的商品，如衣料、饰物、玩具、文具等等，货色并不多，但在我们小孩子眼中，已经是琳琅满目、美不胜收了。

逛商品陈列馆是一件大事，我真想打扮一下，但取出所有的衣服，穿来穿去，对着镜子照照，总觉得没有穿学校制服看去顺眼又活泼。所以换了半天，还是穿回我的学校制服，只是没有别校徽，因为我烫了一点点前额的刘海，又戴了玳瑁蝴蝶夹子，生怕被校长碰见，又要"吃大菜"。

姑妈问我要买什么小饰物，我虽看着喜欢，也都不想买。因为想想反正都穿制服，没有机会戴，自自然然地也就俭省起来了。

姑妈一直非常朴素。她说在学校时，头发也受很大限制，当时心里很不平，常想着，离开学校，第一件事就是烫一头最摩登的头发。但是真正到离开学校以后，倒有点留恋当年全校整齐划一的穿着与发型。尤其是同学之间，由于衣着一致，发式相同，彼此格外有一份像姊妹似的亲切感。在街上看到穿自己学校制服的同学，即使不同班的也会亲热地打招呼。她又说由于住校的简朴生活，养成勤俭的习惯，这是她离开学校以后，才深深体会到的。所以她劝我说："你现在不免埋怨校长管得太严，以后你也会怀念她的。"

姑妈的话一点不错，我后来回想起校长的言笑不苟，同训导主任沈先生的未讲先笑，真正是宽严互济的教导方法。想起校长一身朴素而高雅的衣着，配着她那双平整闪亮的名牌皮鞋，显得她格外地威严了。配合着沈先生的温和开导与启发，使我们对群体生活规范有了深深的体认，也养成了整齐、节俭、勤劳的好习惯。因此对两位老师，我都怀着同样的感激，深深的感激。

也由于姑妈的一番开导，对她送我的玳瑁发夹，也就格外地珍惜了。

几十年来的生活变迁，许多心爱的纪念品都散失了。玳瑁发夹固已不复存在，而这个形状相似的塑料仿制的蝴蝶发夹，仍使我想起少女时代的顽皮憨态。揽镜看两鬓飞霜，不免对自己莞尔而笑！

南海慈航

在古老农村社会的妇女心中，都有一尊慈祥的观世音菩萨。她披着飘飘然的白披风，手持净水瓶，瓶中插着柔柔的柳枝，将祝福洒向人间。她，是位美丽的女身，就像天主教的圣母，怀抱着对全人类的爱。

母亲只要一遇到困难，或心中烦忧难遣，就会轻声念起："南无南海慈航观世音，南无大慈大悲观世音，观音佛母来牵引，人离难来难离身……"我就要问："妈妈，老师说观音菩萨是位王子，是男的呀，您怎么称她'观音佛母'呢？"母亲说："菩萨法力无边，化男化女都由自己。观音菩萨眼看女人家太苦，化为女儿身来超度女人。"我有点不服气地说："女人有什么苦呢？"母亲说："怎么不苦呀？单单说裹脚就是个苦。小姑娘才六七岁就要裹脚。愈是有钱人家的女孩愈裹得早，因为不用她放牛挑柴，裹得早脚才裹得小。脚纱里一层、外一层，缠得紧紧的，还要用针线密密缝住，生怕孩子忍不住痛把它拉开来。热天闷在里面都会烂起来，冬天冻得像一块死肉，一碰就会断呢。烤一下火吧，又会疼到心肝里，那种日子真不是人过的。我到今天想起来还会掉眼泪，怎么不苦呢？哪里像你命好，都十岁了，还是个赤脚大仙。”

我看看母亲臃肿扭曲的放大小脚，又看看自己的大脚丫，得意地说：“观音佛母也是赤脚大仙，我看见的脚指头有好几个露在长裙外边呢。”母亲高兴地说：“是呀，观音菩萨修了三世，才修得一双大脚丫呢！”我立刻说：“那么我也修了三世啰！”母亲正色地说：“不要梦讲（乱讲），罪过死啰！你要天天虔心念观世音菩萨，她会保佑你一生顺顺当当的。”

于是我就跟着唱山歌似的唱起来：“南无南海慈航观世音，南无大慈大悲观世音，观音佛母来牵引，人离难来难离身。”母亲眼神定定地看着我，摸摸我的头，摸摸我的脸，又紧紧捏住我的双手，仿佛把我的手递给了她虔心信赖的观世音菩萨，由她来牵引我呢！

母亲坎坷生涯中，经历多少拂逆，都能坚忍地默默承担，就因为她心中永远有一尊南海慈航观世音菩萨在牵引她。她每天清晨早餐前，必定跪在佛堂里，敲着木鱼清盘，朗声念《心经》《大悲咒》《白衣咒》……我也常常和她并排儿跪着，有口无心地跟着背，仰望琉璃盏中，荧荧的灯花摇曳，檀香炉中香烟袅袅。我念着念着，觉得屋子里空空洞洞的，好冷清。心头忽然浮起一阵凄凄凉凉的感觉。好像整个世界，就只剩下母亲和我两个人。亲爱的父亲和哥哥，离我们千重山万重水。喊他们没有回音，想他们，却在信里总说不明白。我有点想哭，侧过脸去看母亲，她却闭目凝神，专心致志地在念："南无大慈大悲、救苦救难、广大灵感、白衣观世音菩萨……"念到最后"人离难，难离身，一切灾殃化灰尘"时，她的脸显得那般地平静安详，紧锁的眉峰也展开了，嘴角浮起宽慰的微笑。在那一片刻中，她的忧愁烦恼，真个都化作灰尘了。

这一幕母女相依的情景，在我心中的印象太深刻，太深刻。因此，到杭州进教会中学念书以后，被校长逼着坐在大礼堂里听牧师讲道，看他闭目祷告，听钢琴伴奏赞美诗声也非常庄严沉静，但我心里浮现起的，总是母亲跪在经堂里诵经的神情；耳边响起的，是凄凄清清的木鱼清盘之音。我就不由得低声念起经来。仿佛看见母亲牵着观音的手，我牵着母亲的手，内心感到一阵辛酸的慰藉。因此尽管慈爱的级任导师多次劝谕我信奉基督，早日受洗，我都委婉地谢绝了。

抗战期间，我远离家乡，在上海求学，交通受阻，家书两三月才能寄达一封。当我收到叔叔的信，告知母亲胃部稍感不适时，其实她已经逝世多日了。只因她怕我担忧，嘱叔叔不要把她病危实情函告。我只懵懵然盼待平安家书。久盼不至，不免忧焦中倒也会以念经自慰，因而时常被同学嗤笑为愚昧。我把自幼念经拜佛情况与母亲的虔诚，告诉一位最知己的同学，她乃肃然动容，且时常于伴我散步时，也一同喃喃地念起观世音菩萨来了。

毕业后冲过重重困难，回到故乡。叔叔告诉我母亲的生与逝都是一样地平静。临去时只命大家为她高声念佛，相信慈悲的观音佛母，一定来牵引她高洁的灵魂，往生西方极乐世界了。

她老人家一生淡泊自甘，晚境尤为寂寞。她病中无一亲人陪伴，我又因海岸线被封锁，无法赶回侍奉汤药。她抚我掬我的罔极之恩，此生无以为报。岁月匆匆，如今我亦垂垂老矣。而儿时母女相依为命的情景，历历如昨。每日清晨礼佛之后，再向母亲遗照膜拜，她总是那么安详地对我微笑着，似在对我说："你要虔心念经啊！大慈大悲的观世音菩萨会保佑你们一家，一生顺顺当当的。"

记得自幼教我读书的老师，在出家前曾语重心长地诲谕我说："佛理固然艰深难于领会，你只要牢记最简单的八个字，就够你一生受用不尽。那就是'大慈大悲，广大灵感'。"

从事写作逾三十年，在此悠悠岁月中，愈益领悟得这简单八个字心传的意义。大慈大悲的佛心，也就是诗心、灵心。老师说"灵心如佛家摩尼珠，随物现其光彩"。一个人如能对世间一切都宽大为怀，对万物息息相关，清明的心，自会产生广大灵感。也就是理学家所说的"半亩池塘，自有源头活水"啊！

感念此生，世路无论崎岖或平坦，我已走完一大半。由于神灵的佑护，总是处处逢凶化吉。我以满怀感恩之心，祈求南海慈航、观音佛母的，是牵引我如何以有限余年，回报人间。仰望慈亲在天之灵，亦将颔首微笑，赞许我的一点愚诚吧！

菜篮挑水

我家乡有句俗话说："这件事若是做得成功，菜篮都可以挑水了。"是比喻徒劳无功的意思。

最记得母亲当年常自言自语："我就是拿菜篮挑水的人，都挑一辈子啰！"

外公就说："菜篮也好，水桶也好，你就只顾挑吧。水溅了，水漏了，都没你的事。"

我那时小小年纪，不懂得他们在说些什么。现在想想，母亲的执着和幽默的自我嘲侃，外公的不计功利和无可如何而安之若命的人生哲理，实在令人叹息。

我很惭愧没有读过禅经。倒是觉得外公和母亲的话像是禅经。想起《红楼梦》里宝玉与黛玉打哑谜，一个说："任凭弱水三千，我只取一瓢饮。”一个说：“瓢之漂水奈何？”一个又说：“非瓢之漂水，水自流，瓢自漂耳。”若是母亲会看《红楼梦》，也套一句：“非篮之漏水，水自流，篮自挑耳。”岂不也很“禅”呢？

还记得塾师给我讲过一个故事，一个和尚（不记得他的法名了）在冬天里捧了一堆堆的积雪去封井口，雪边捧边化，如何能封得住井口呢？路人站着看，都笑和尚痴呆，和尚却只顾捧着雪往井口送。

讲完故事，老师问我，究竟是路人傻，还是和尚傻？我想了下说：“和尚不傻，路人才傻呢。和尚明知雪不能封井，一定是有一番道理的。”老师点点头说：“你说得很好。积雪不能封井，是三尺童子都知道的。和尚之所以这样做，可有两种启示：其一是，究竟是雪是泥土，在和尚心中已没有什么分别，他只专心做封井口这件事。其二是，雪水是清明的，雪水滴入井中，使井水也更加清明起来。至于佛家的深意，那就不是你现在所能懂的了。”

我忽有所悟地说：“雪封井口，跟妈妈许多年来说的菜篮挑水，不是差不多的道理吗？至于雪水与井水，究竟哪个清，那就很难说了。世上有分别心，总觉山泉比河水清，雪水比井水清，若自家心中有一道清流在，又何必计较是哪一样水清呢？”

老师颔首微笑。我这套半通不通的参悟，好像很有慧根的样子，其实都是从我最敬佩的一位鸦片叔叔那儿听来、学来的。叔叔常偷叔祖父的大烟抽，所以我喊他“鸦片叔叔”，他聪明绝顶，说任何事，不是逗你笑弯腰，就是逗你伤心得想哭。

他有次叹口气对我母亲说：“大嫂呀，你拿菜篮挑水，还把肩膀挑肿了。”母亲只笑笑说：“挑肿了，抹点薄荷油就消了。”鸦片叔叔又对我说：“你该是你妈的薄荷油吧。”

现在回想起来，我真能成为母亲的薄荷油吗？真能为她消去肩头的肿吗？再想想，我们一家人，父亲、母亲、早逝的哥哥、我，还有那位美丽如花的二妈，究竟谁是菜篮，谁是水呢？

往事如烟，不免百感交集，乃口占一绝，以追念虔诚奉佛、一生辛劳又容忍的母亲：

一烛炉香带泪焚，菜篮挑水也千斤。
但能悟得禅经了，清水菜篮两不分。

吃大菜

我家当年有个厨子叫“胖子老刘”。他忠心耿耿服侍我父亲，每天都要变花样，烧不同的菜给父亲开胃。可是父亲还是常常要换换口味，到馆子里去吃西餐。那时西餐叫作“大菜”，老刘就很不服气地说：“洋人吃的就叫‘大菜’，难道我们中国这样又名贵又好吃的菜，反倒是小菜吗？”母亲说：“番人长得牛高马大，吃的东西都是一大块一大块的，就叫‘大菜’。我们是慢功夫切出细细巧巧的菜，叫‘小菜’，你就别生气啦！”

我并不喜欢吃西餐，直到今天，每逢吃西餐或自助餐，看见“大块文章”，肚子先就饱了。但是小时候，能够由大人带出去吃馆子，总是挺新鲜的。偏偏母亲是从不上馆子的，因此我就很少有机会享受一顿吃馆子的豪华。偶然父亲兴致来了，带我出去吃的都是西餐。我除了喝几口浓浓的或清清的汤，啃一片面包，就眼巴巴等待最后那杯甜甜的咖啡加牛奶（那时还没布丁与冰激凌呢），然后偷偷抓几粒方糖放在口袋里，回到家里都碎了，弄得口袋黏黏的，还被最疼我的金妈怨一顿说："家里的糖霜有好多，要去拿那种洋糖块！"

父亲的好友许伯伯有次从北平来了。他是衔着烟斗、喝洋墨水的美国留学生，想来一定是喜欢吃西餐的，没想到他对我说："小春呀，带你去西湖楼外楼吃醋熘鱼去！"真把我乐得一跳半尺高。那次，我一个人吃了半条鱼，却是乐极生悲，鱼骨头卡在喉咙里，明明痛得要命，却不敢声张，生怕下回不带我来了。回到家，母亲与金妈手忙脚乱了一大阵，总算把鱼骨送下去了。母亲说："看来你还是跟你爸爸去吃大菜吧！大菜里没有细细的鱼骨头。"我心想，宁可被骨头卡得痛，也不要吃大菜。

我对大菜印象不好的原因，是吃的时候规矩太多。有一年父亲心血来潮，带我这小不点上莫干山避暑，住在"菜根香"那么洋里洋气的旅馆里，进餐有一定时间，还得穿得整整齐齐的。坐定以后，说话不能大声，眼睛只能看着自己的菜，不能东张西望。刀叉不可敲到盘子，发出叮叮当当的声音来，喝汤时，颈子要伸得直直的，汤匙举得高高的往嘴里送，好累啊！父亲说，如把头伸到盘子边去喝汤就像猪狗吃东西，真气死我了。刀叉究竟要放在左边还是右边也搞不清，哪一块面包是我的也搞不清。在屋里，父亲先给我仔仔细细上了一课，到了餐厅一看洋人那么多，就慌了。一顿西餐吃完，回屋来肚子还是空空的。再偷偷到附近小店去买葱煎包来吃，多香呀！父亲笑我究竟是乡下出身的“土香菇”。我宁愿做一辈子土香菇，就是洋不起来；对所谓的“吃大菜”，尤其倒胃口。

最不巧的是，在学校里如犯了过错，被训导主任或级任导师郑重地训斥一顿，也叫“吃大菜”。那顿大菜可就更不是味道了。我是个胆小如鼠的人，犯错的事儿还不多，倒也很少“吃大菜”。

有一次上课心不在焉，被化学老师（我最怕的人）叫起来，上去写方程式“吊黑板”，那滋味跟“吃大菜”一样地难受。情绪低落地回到家中，刚一跨进大门，却见胖子老刘大声对我说：“大小姐，二太太要请你吃大菜。”我吓了一跳，悄声地问：“她为什么要骂我呀？我做错了什么呀？”我心里想的还是学校里的“大菜”。老刘说：“怎会无缘无故骂你，老爷与二太太要带你去吃大菜。最最贵的西餐呀！”我连连摇头说:“我不要吃大菜,我要告诉爸爸我不去。”可是老刘说:“你不能说不去哟,今天是二太太生日,你爸爸一团高兴才带你去的啊!”

我默默走向自己的房间,却看见母亲在后廊下,就着傍晚微弱的阳光,眯着眼睛,专心地用眉毛钳子夹去燕窝上的绒毛。燕窝已经用水发开,大大的一碗,这样夹绒毛要夹多久啊!那是给爸爸晚上喝了进补的。

回头正看见父亲笑盈盈地走来,对我说:“小春,爸爸和二妈带你去吃大菜,湖滨大饭店,新开幕的。”

我看了一下低头专心工作的母亲说:“爸爸,我不去好不好?我头很痛,今天化学题做不出来,老师让我明天再做一遍。”

父亲没有作声,在粉红色的斜阳里,父亲的满脸笑容,使我只想上前拥抱他,但我没有那样做,因为我不想去吃大菜。父亲没有勉强我,就自顾回书房去了。我心里有点失望,有点抱歉,却又莫名其妙地生气,生谁的气呢?是生自己的气吧!谁叫我那么笨,化学方程式背不出来,在课堂上丢了面子。

从厨房的玻璃窗里,我和母亲目送父亲和二妈并肩往大门走去,父亲体贴地为她披上狐皮领斗篷,一定是双双跨上马车走了。

老刘走进厨房，摸摸光头说："我给老爷做了冬笋炒鱼片，他不吃，要去吃大菜。大小姐，你真的不去呀！"我说："规矩太多，烦死了，我不要吃大菜。"母亲淡淡地笑了下说："大菜也好，小菜也好，吃就要开开心心地吃，才有味道。"我顽皮地说："妈妈，今天我在学校里已经吃了一顿大菜了。"母亲奇怪地问："哦，学校里怎么会有大菜给你吃呢？"我咯咯大笑说："那是老师给我们吃的，大家都好怕吃大菜，吃大菜就是挨老师骂呀！"母亲也笑了，说："老师骂几句不要紧，老师要你好啊！"我噘起嘴说："我宁可吃老师的大菜，也不要吃今天湖滨大饭店的大菜！"

母亲一声不响，只慢条斯理地端出一碗香喷喷的干菜焖肉，一盘绿油油的虾米炒芥菜，加上老刘的冬笋炒鱼片。我们三人，享受了一顿最好吃的"小菜"。

青灯有味似儿时

相信人人都爱念陆放翁的两句诗：“白发无情侵老境，青灯有味似儿时。”尤其我现在客居海外，想起大陆的两个故乡，和安居了将近四十年的第三个故乡台北，都离得我那么遥远。一灯夜读之时，格外地缅怀旧事。尤不禁引发我“青灯有味”的情谊，而想起儿童时代的两位难忘的人物。

白姑娘

我家乡的小镇上，有一座小小的耶稣堂，还有一座小小的天主堂，乡人自由地去做礼拜或望弥撒。母亲是虔诚的佛教徒，当然两处都不去。但对于天主堂的白姑娘，母亲有一分好感，因为她会讲一口地道的家乡土话，每回来都和母亲有说有笑，一边帮母亲剥豆子、择青菜，一边用家乡土话教母亲说英语："口"就是"牛"，"糖糕"就是"狗"，"拾得糖"就是"坐下"。母亲说："番人话也不难讲嘛。"

我一见她来，就说："妈妈，番女来了。"母亲总说："不要叫她'番女'，喊她'白姑娘'嘛。"原来"白姑娘"还是一声尊称。因她皮肤白，夏天披一身雪白的袍子，真像仙女下凡呢。

母亲问她是哪国人，她说是英国人。问她为什么要出家当修女，又漂洋过海到这样的小地方来，她摸着念珠说："我在圣母面前许下心愿，要把一生奉献给她，为她传播广大无边的爱，世上没有一件事比这更重要了。"我听不大懂，母亲显出很敬佩的神情，因此逢年过节，母亲总是尽量捐献食物或金钱，供天主堂购买衣被等物资救济贫寒的异乡人。母亲说："不管是什么教，做慈善做好事总是对的。"

阿荣伯就只信佛，他把基督教与天主教统统叫作"洋教"，说中国人不信"洋教"。尽管白姑娘对他和和气气，但他总不大理她，说她是代教会骗钱的，总是叫她"番女""番女"的，不肯喊她一声"白姑娘"。

但有一回，阿荣伯病了，无缘无故地发烧不退，服了郎中的草药一点都没用，茶饭不思很多天，人愈来愈瘦。母亲没了主意，告诉白姑娘。白姑娘先给他服了几包药粉，然后去城里请来一位天主教医院的医生，给他打针吃药，阿荣伯的病很快就好了。顽固的阿荣伯这才说："番人真有一手，我这场病好了，就像脱掉一件破棉袄，好舒服。"以后他对白姑娘就客气多了。

白姑娘在我们镇上好几年，几乎家家都跟她很熟。她并不勉强拉人去教堂，只耐心又和蔼地挨家拜访，还时常分给大家一点外国产的炼乳、糖果、饼干，所以孩子们个个喜欢她。她教我们许多游戏，有几样魔术我至今还记得。用手帕折的小老鼠会蹦跳；折断的火柴一转眼又变成完整的；左手心握紧铜钱，会跑到右手心来。如今每回变这些魔术哄小孩子时，我就会想起白姑娘的美丽笑容，和母亲全神贯注欣赏她的快乐神情。

尽管我们一家都不信天主教，但白姑娘的友善亲切给了我们母女不少快乐。有一天，她流着眼泪告诉我们，她要回国了，以后会有另一位白姑娘再来，但不会讲跟她一样好的家乡土话。我们心里好难过。

母亲送了她一条亲手绣的桌巾，我送她一个自己缝的布娃娃。她说她会永远怀念我们的。临行的前几天，母亲请她来家里吃了一顿丰盛的晚餐。她摸出一条珠链，挂在我颈上，说：“你妈妈拜佛时用念珠念佛，我们也用念珠念经。这条念珠送给你，愿天主保佑你平安。”我的眼泪流下来了。她说：“不要哭，在我们心里，并没有分离。这里就是我的家乡。有一天，我会再回来的。”

我哭得说不出话来。她悄悄地说：“我好喜欢你。记住，要做一个好孩子，孝顺父母。”我忽然捏住她的手问她：“白姑娘，你的父母呢？”她笑了一下说：“我从小是孤儿，没有父母。但我承受了更多的爱，仰望圣母，我要回报这份爱，我有着满心的感激。”

这是她第一次对我讲这么深奥严肃的话，却使我当时非常感动，也牢牢记得。因此我长大以后，对天主教的修女总有一份好感。

连阿荣伯这个反对“洋教”的人，白姑娘的离开也使他眼泪汪汪的。他对她说：“白姑娘，你这一走，我们今生恐怕不会再见面了，不过我相信，你的天国，同我们菩萨的极乐世界是一样的。我们会再碰面的。”

固执的阿荣伯会说这样的话，白姑娘听了好高兴。她用很亲昵的声音喊了他一声：“阿荣伯，天主保佑你，菩萨也保佑你。”

我们陪白姑娘到船埠头，目送她上船，只见她一身白袍，飘飘然远去了。

以后，我没有再见到这位白姑娘，但直到现在，只要跟小朋友们表演那几套魔术，我总要说一声："是白姑娘教我的。"

白姑娘教我的，不只是有趣的游戏，还有她临别时的几句话："要做个好孩子，好好孝顺父母……我要回报这份爱，我有着满心的感激。"

岩亲爷

我家乡土话称干爹为"亲爷"，干儿子为"亲儿"。那意思是"跟亲生父子一样地亲，不是干的"。这番深厚的情意，至今使我念念不忘故乡那位慈眉善目，却不言不语的岩亲爷。

岩亲爷当然不姓岩，因为没有这么一个姓[①]。但也不是正楷字"严"字的象形或谐音姓"严"。有趣的是岩亲爷并不是一个人，而是一位神仙。

这位神仙不姓严，却姓吕，就是八仙里的吕洞宾。

---

① 实际上有岩姓。

吕洞宾怎么会跑到我家乡的小镇住下来，做孩子们的亲爷？那就没哪个知道了。我问母亲，母亲说："神仙嘛，有好多个化身，飘到哪里，就住到哪里呀。"问阿荣伯，阿荣伯说："我们瞿溪风水好呀，给神仙看中了。"问到外公，外公说："瞿溪不只风景好，瞿溪的男孩子聪明肯读书，吕洞宾伯伯读书人，就收肯读书的男孩子做亲儿。亲儿越收越多，就索性住下来了，因此地方上给他盖了个庙。"

这座庙是奇奇怪怪的，没有门，也没有围墙。却是依山傍水，建筑在一块临空伸出的岩石上，就着岩石，刻了一尊道袍方巾，像戏台上诸葛亮打扮的神像，那就是吕洞宾。神龛的后壁，全是山岩，神龛前面是一块平坦的岩石，算是正殿。岩石伸向半空，离地面约有三丈多高。下面有一个潭，潭水只十余尺深，却是清澈见底。因为岩上的涓涓细流，都滴入潭中，所以潭水在秋冬时也不会枯涸。村子里讲究点的大户人家，都到这里来挑一担潭水，供煮饭泡茶之用。神仙赐的水是补的，孩子喝了会长生，会聪明。

庙是居高临下的，前面就是那条主流瞿溪。溪水清而浅。干旱的日子，都露出潭底的沙石来。溪上有十几块大石头稀稀疏疏搭成的"桥"，乡下人称之为"丁步"。走过丁步，就到热闹的市中心瞿溪街，岩亲爷闹中取静，坐在正殿里，就可一目了然地观赏街上熙来攘往的行人，与在丁步上跳来跳去的小孩。这里实在是个风景很奇怪的地方，若是现在，可算得是个名胜观光区呢。

庙其实非常地小，至多不过三四十坪[①]。里面没有和尚，也没有掌管求签问卜的庙祝，因此庙里香火并不旺盛，平时很少人来，倒成了我们小孩子玩乐的好地方。我常常对母亲说："妈，我要去岩亲爷玩儿啦。""岩亲爷"变成了一个地方的名称了。母亲总是吩咐："小姑娘不许爬得太高，只在殿里玩玩就好了。"但玩久不回来，母亲又担心我会掉到殿下面的潭里去，就叫阿荣伯来找我。我和小朋友们一见阿荣伯来了，就都往殿后两边的石阶门上爬，越爬越高，一点也不听母亲的话，竟然爬到岩亲爷头顶那块岩石上去了。阿荣伯好生气，把我们统统赶下来，说吕洞宾伯伯会生气，会把我们都变成笨丫头。

我们心里想想才生气呢！因为吕洞宾伯伯只收男生当亲儿，不收女生当亲女，这是不公平的。其实这种不公平，明明是村子里人自己搞出来的。凡是哪家生的第一个宝贝男孩子，都要拜神仙做亲爷。备了香烛，去庙里礼拜许愿。用红

① 坪：1 坪约等于 3.3 平方米。

纸条写上新生孩子的乳名，上面加个“岩”字，贴在正殿边的岩壁上。神仙就收了他做亲儿，保佑他长命富贵。大人们叫自己的孩子，都加个“岩”字，岩长生、岩文源、岩振雄……听起来，有的文雅，有的威武，好不令人羡慕。

有一回，我们几个女孩子也偷偷把自己的名字上面加个“岩”字，写了红纸条贴在岩石上，第二天都掉了。阿荣伯笑我们女孩子没有资格，吕洞宾伯伯不收。其实是我们用的糨糊不牢，是用饭粒代替的，一干自然就掉了。

我认为自己也是“读书人”，背了不少课古文，怎么没资格拜亲爷？气不过，就在神像前诚心诚意地拜了三拜，暗暗许下心愿说：“有一天我一定要跟男孩子一般地争气，做一番事业，回到家乡，给你老人家修个大庙。你可得收全村的女孩子做亲女儿哟！”

慈眉善目的神仙伯伯，只是笑眯眯不说一句话。但我相信他一定听见我的祝告，一定会成全我的愿望的。

我把求神仙的事告诉外公，外公摸摸我的头说：“要想做什么事，成什么事业，都在你自己这个脑袋里。你也不用怨男女不平等。你心里敬爱岩亲爷，他就是你的亲爷了。”因此我也觉得自己是岩亲爷的女儿了。

离开故乡，到杭州念中学以后，就把这位“亲爷”给忘了。大一时，因避日寇再回故乡，才想起去岩亲爷庙巡礼一番。仰望岩亲爷石像，虽然灰突突的，却一样是满脸的慈祥，俯瞰潭水清澈依旧，而原来热闹街角那一分冷冷清清，顿然使我感到无限的孤单寂寞。

那时，慈爱的外公早已逝世，母亲忧郁多病，阿荣伯也已老迈龙钟。旧时游伴，有的已出嫁，有的见了我都显得很生疏的样子。我踽踽凉凉地一个人在庙的周围绕了一圈，想起童年时在神前的祝告，我不由得又在心里祈祷起来："愿世界不再有战乱残杀，愿人人安居乐业，愿人间风调雨顺。"

阿荣伯坐在殿口岩上等我，我扶着他一同踩着溪滩上的丁步回家，儿时在此跳跃的情景都在眼前。阿荣伯说："你如今读了洋学堂，哪里还会相信岩亲爷保佑我们。"我连忙说："我相信啊，外公说过只要心里敬爱仙师，他就永远是你的亲爷，我以后永不会忘记的。"阿荣伯叹口气说："你不会忘记岩亲爷，不会忘记家乡，能常常回来就好。人会老，神仙是不会老的，他会保佑你的。"

我听着听着，眼中满是泪水。

再一次离家以后，我就时常地想起岩亲爷，想起那座小小的、冷冷清清的庙宇，尤其是在颠沛流离的岁月里。我不是祈求岩亲爷对我的佑护，而是岩亲爷庙里，曾有我欢乐童年的踪影。“岩亲爷”这个亲昵的称呼，是我小时候常常喊的，也是外公、母亲和阿荣伯经常挂在嘴上念的。

我到老也不会忘记那位慈眉善目，不言不语，却是纵容我爬到他头顶岩石上去的岩亲爷。

鹧鸪天

日前整理书箧，捡出多年前手抄瞿禅恩师的几阕词，吟哦再三，不由得百感丛生。

想起瞿禅师当年对我们的教诲，是非常活泼、非常生活化的。无论在课室里，或带领大家同游胜景，他都随时高声朗吟一首诗，或一两句词，是前人名作，或朋友的警句，或他自己的得意之作。词意都极为贴切当时情景。我们都静静地谛听，默默地记诵，不需要他讲解，人人都能领悟他所欲启迪我们的深意。他因时适地，寓教诲于诗词，真是充分发挥了“温柔敦厚，诗教也”的古典精神。

卒业后迭经丧乱，每于烦忧难遣之时，不由得朗吟起瞿禅师口授的诗词。他抑扬顿挫中微带悲怆的乡音，立刻萦绕耳际，反觉眼前峰回路转，心情亦渐趋平静。

印象最深的，是在杭州之江大学授业时，随瞿师同游九溪十八涧，他吟了一阕新作《鹧鸪天》：

短策暂辞奔竞场，同来此地乞清凉。若能杯水如名淡，应信村茶比酒香。无一语，答秋光。愁边征雁忽成行。中年只有看山感，西北阑干半夕阳。

那时中日战争尚未爆发，他却已有“愁边征雁”的凄惶之感，词人心灵之锐敏可知。至于“若能杯水如名淡，应信村茶比酒香”二句，那一派淡泊清新的境界，真有如古刹中木鱼清磬之音，使人名利之心顿息，因此这句词也是我心香一脉、终生默诵的格言。

有一次，我们一同站在高冈上，山风习习，吹拂襟袖，瞿师随口吟了两句诗：“短发无多休落帽，长风不断任吹衣。”回头问我们：“懂这意思吗？”我们说：“懂是懂，却何能达到如此洒脱境界？”他莞尔而笑说：“能体会得这分与世无争的淡泊便好了。”

恩师的谆谆诲勉，都于日常平实生活中见之。他启迪我们培养温厚而锐敏的灵心，应随时随地，放开胸怀，与大自然山川草木通情愫，与虫鱼花鸟共哀乐，才能与人情物态起共鸣。落笔时灵感必源源而至，无须强求。记得我们追随他穿过浓密的林荫，就听他吟道："松间数语风吹去，明日寻来尽是诗。"指点我们作诗作文，必须于如此自然中得来，不为文造情，不危言耸听，才是好文章。

他看见窗前小鸟疾飞而过，就感慨地念道："仰视一鸟过，愧负百年身。"警觉年光之易逝，自谓数十年幸未为小人之归，常兢兢以此自勉。可见他修身律己之严。他作的诗词往往语意双关。在沪上时，起初住在湫隘的平房里，后来住楼房，乃有诗云：

下流诚难处，望远亦多悲。
谢池三间屋，令我梦庭闱。[①]

游子情怀，尽在不言中。

前曾与友人同游尼亚加拉瀑布，友人也是瞿师私淑弟子。她面对浩瀚奔腾的飞瀑，也想起瞿师的一首《鹧鸪天》词：

---

① 谢池是永嘉故居。因永嘉太守谢灵运的名句"池塘生春草"而得名。

抛却西湖有雁山，扶家况复住灵岩。不愁尽折平生福，但愿虔修来世闲。无一事，落人间，野僧诗债亦慵还。但防初写禅经了，别有蛇神夜叩关。

此词当作于抗战中期，杭州早已沦陷，瞿师曾一度避寇卜居雁荡灵岩山，雁荡的龙湫瀑布是举世闻名的，所以有“抛却西湖有雁山”的豪语。那时我们师生音书阻绝，故我未见此词。瞿师曾谓：“不游雁荡是虚生。”那一段时日，想来是他最优游的岁月。最感人的当然是“不愁尽折平生福，但愿虔修来世闲”二句。想他僻处深山，已经享尽人间清福，还要“虔修来世闲”，比起今日恓恓惶惶的人们，连今生的福都无暇享受，遑论虔修来世呢？

吟到最后二句：“但防初写禅经了，别有蛇神夜叩关。”不禁非常惊异于瞿师对未来情况，似早有预感。他在静谧的深夜，读经写经，却仍不免有牛鬼蛇神来惊扰的恐惧。其后的“十年浩劫”，幸免于难者能有几人？则瞿师此词，岂非谶语呢？

想起在沪上时，诸同学随瞿师在南京路先施公司楼上品茶，时大雨如注，归途积水没胫。次日他作了一首诗，最后四句是：

秋人意绪宜风雨，归梦湖天胜画图。

一笑横流容并涉，安知明日我非鱼。

当时上海是租界，不久，太平洋战争爆发，英美法驻军撤离租界，我们因海岸线封锁，不能回乡，沉重的心情，真有陆沉的哀痛与惶恐。一年后于万般艰苦中回到故乡，回味瞿师“安知明日我非鱼”之句，岂不又是谶语呢？

在记忆中，瞿师的词，《鹧鸪天》一调填得很多，不但词意感人，境界尤高。此于本文所引二阕可见。因即以“鹧鸪天”三字名篇，并寄怀海天那一边八十五高龄的恩师。

难忘的歌

我平生最遗憾的是不会弹琴，不会唱歌。在中学时，父亲每学期花十二元现大洋请学校老师一对一地教我学钢琴，他认为大家闺秀，不会弹琴就不配称为“淑女”。偏偏我运气很坏，遇上那位钢琴老师是个“冷面人”，不但面冷，心也冷。她同时又是我班上的音乐老师，第一天上课，点我起来唱校歌，我打着哆嗦，唱得结结巴巴、寸寸断断，词儿全忘光，嗓子又像鸭子叫，她就怒目大骂：“新生训练三天，第一件事就是要学会唱校歌。你这么笨，怎么行？”我愤愤地想：“有什么不行，大不了我这一生永不开口唱歌就是了。”没想到这一句对自己的誓言，就注定了我一生不会唱歌，如今想起来，仍不免“悲从中来”。

至于学钢琴，那不用说更是泄气。这位冷面人曹老师，我说她是“阴曹地府”的“曹”，她的脸雪白，四四方方就像麻将牌里的白板，也像戏台上的曹操，使我白天黑夜想起她来就怕。最不应该的是我明明是缴足了学费，一对一的教学，她却带了一个在家已学过钢琴的同学，跟我一同上课，每次都先教她，后教我。第一天，她就命她先弹一曲 *Long Long Ago* 给我听，叫我看她的坐姿，她的手腕、指尖的起落跳跃。我却一双乌鸡眼只盯住她小拇指上闪闪发光的钻戒发愣。老师接着教我认五线谱，记琴键的英文字母，要和五线谱配合，我却一个也记不得。弹了一个星期的 C 调 Scale，我还是学不好，指头扭不过来。“曹操”用纸连连敲我的头骂：“不配当学生，白花家长的钱。”我忍住眼泪，咬紧牙根就是不作声，又不敢回家哭诉于父亲。学了半年，五线谱上的豆芽菜，一个也认不得。就这样硬拖到学期终了，总算换了一位老师，她等于是今天教“放牛班”的。因为我已被那位“曹操”整得失去了自信，对钢琴与唱歌，一点兴趣也没有了。所以仍旧是一无所成。

我难道就一辈子不开口唱歌吗？我也有时想把内心的欢乐或悲伤借歌唱来抒发的呀！所以我也唱，只是我唱的不是文雅的、艺术的歌，而是浅近的、大白话的绍兴戏。我的老师就是在杭州时，照顾我的金妈。金妈是绍兴人，那一口地道的绍兴调，唱起来可真是好听哩。绍兴戏大部分都是哭哭啼啼的悲戏，金妈本来就是个一把眼泪、一把鼻涕爱哭的人，她唱起来当然是更传神了。

其实她并没有完完整整地教过我一出从头唱到尾的戏，连她自己都是想到哪里，唱到哪里，东几句西几句地唱。时隔半个世纪，那些词儿几乎都忘光了。只记得她最爱唱的《珍珠塔》，只要有点不开心，她就唱起来：

天也空来地也空，人生渺渺在梦中。南无，南无阿弥陀，啊——佛。

人生好比一张弓，朝朝夕夕称英雄。南无，南无阿弥陀，啊——佛。

夫妻本是同林鸟，大难临头各西东，南无，南无阿弥陀，啊——佛！

她边唱边抹眼泪，抹完了眼泪又笑。

我若是要她从头唱起呢，她就得急急地清清嗓子，正正经经地唱：

上宝塔来第一层，

打开了，一扇窗来一扇门。

礼拜那，南海慈航观世音。

保佑保佑多保佑，

保佑我夫文子敬。

她一脸的专注与虔诚，仿佛她的丈夫是叫“文子敬”呢。可是唱完了这一段，马上就叹一口气说：“管他蚊子叮不叮呢！”

逗得我哈哈大笑，问她：“你丈夫呢？怎么都不来看你？”她恨恨地说：“伊拿格套会（怎么会）来看我。哼格佬倌（那个人）是个牛（没有）心肝的。我早就把伊肓记脱哉（把他忘记了）！”

说是这么说，但她仍旧是“保佑保佑多保佑”地唱。唱起“夫妻本是同林鸟，大难临头各西东”时，眼泪扑簌簌直掉。我虽是个才念初中的小女孩，却深知金妈心头的痛苦。母亲告诉我金妈因为没有生养，她婆婆硬是要给儿子再讨了个媳妇，生儿育女，就把金妈丢在一边。金妈气不过才出来帮工的，她原是不愁吃穿的好人家，觉得没有丈夫的体贴，宁可出来做女佣。遇上我母亲这位好心肠的主母，两个人正是同病相怜，夜阑灯下就有说不尽的心事，唱不完的歌。

母亲不会说绍兴话，她的温州官话，金妈全听得懂，她教母亲唱绍兴戏，母亲也就只会唱那几句：

天也空来地也空，人生渺渺在梦中……

夫妻本是同林鸟，大难临头各西东……

后来母亲郁郁地回故乡了，金妈就辞工不干了，我也渐渐长大住校了。但每于病中，一个人躺在冷清清的宿舍里，就万分想念母亲和金妈。尤其听到楼下练琴间里传来叮叮咚咚的钢琴声，明明是非常悦耳的，但那声音使我又想起冷面人曹老师，感到自己的低能和落寞。我就索性蒙着头，在被子里哼起金妈教我的绍兴戏《珍珠塔》来，一遍又一遍地唱。

我心里在想：难道人生真个渺渺如梦中吗？难道真个天也空来地也空吗？我小小的心灵有如已饱经忧患。

唱着唱着，泪水禁不住纷纷而下。

将近六十年前的旧事了，这一支《珍珠塔》不完整的歌词，和金妈同母亲合唱的凄悲音调，至今常萦绕心头，哼起来时，仍不免愀然而悲。

胡蝶迷

像我这样年龄的人，中学时代，没有不迷电影明星的。胡蝶、阮玲玉、夏佩珍、严月娴、徐来——天天挂在嘴上。她们主演的片子，故事记得比中外历史清楚得多。我们三五个要好同学，积下点零用钱，就是买女明星照片，买电影专刊，轮流观赏。我们只会倾慕她们的熠熠星光，一点也不知道在水银灯背后，她们也常常淌眼泪。直到阮玲玉，那个有着一对摄人魂魄眼神的大红星，忽然自杀了，我们全班同学都惊傻了。那一天，我上课都没心思，眼前浮现的一直是她演《新女性》中的最后一个镜头，她颤抖着喊：“我要活下去，我要活下去。”那还只有默片，几个大大的字，在银幕上颤抖着，颤抖着，可是阮玲玉死了，在银幕里外都死了。她那么美丽，那么红，怎么会活不下去呢？于是我们几个胡蝶迷转过来为胡蝶担起忧来，胡蝶不会自杀吧！回来问母亲，母亲说："胡蝶不会短命的，看她照片就是个端端庄庄的有福之人。不像阮玲玉，下巴尖尖的，那么瘦，就是副薄命相。"母亲根本没看过一部她们演的电影，她的电影知识都是我给灌输的。她看我给她的照片与电影专刊之外，又听我讲电影故事：她边听边笑边叹气，也过足了影迷的瘾。

胡蝶主演的片子，我是每部必看，这一点，是我对同学最最引以自豪的。其实我自己哪有钱看电影，都是我家的二妈带我去看的。原来二妈也是胡蝶迷。每天打开报纸，总是先看电影广告，如果有胡蝶主演的片子，她马上笑逐颜开，人也显得和气起来。我站在一边，胆子也会大一点了，因为我们彼此心中有个同样的胡蝶，好像心灵都相互沟通了。放下报纸，她总会笑嘻嘻地对我说："今晚带你看电影去。"我这两天就快乐得不得了，并不只因为有胡蝶的电影看，是因为二妈对我和气，有说有笑。同学们也替我高兴，等着我第二天讲电影情节给她们听。两个小时的电影，我可以讲上三四个小时。因为胡蝶在哪一幕穿什么衣服，哪一幕戴什么耳环，都一点不漏地形容，她们也不厌其烦地耐心听，她们都说听我讲过，就不用去看电影了。电影公司如果知道有我这么个

“宣传员”，一定会很生气呢。

《啼笑因缘》上演的时候，全城轰动，明星电影公司出了特刊。我们立刻合资买来，在国文课时传来传去偷看。被和蔼的冯老师看见了，收去放在讲台上，立刻停止讲课，叫全班同学念十遍《史可法复多尔衮书》。念完了要背。他自己坐下，捧起《啼笑因缘》专刊慢慢看起来，看得好入神啊。下课铃响了，他都没听见，也没要我们背书。我们一拥上前，要求他把专刊还给我们，他笑眯眯地说：“你们放心，我不会把它交到训导处的，明天冯先生看完了就还给你们。”冯先生光秃秃的头顶上只浮着稀稀疏疏几根白发，原来他也是胡蝶迷。他说师母在世的时候，最喜欢拉他看电影，现在他不看了。他说这话时，眼神像快乐也像悲伤。

第二天上课时，他把专刊还给我们，从《啼笑因缘》里的浑蛋大师，说到军阀的祸国殃民；从樊家树沈凤喜的纯洁爱情，说到少男少女的婚姻。我们才知道冯先生虽已年逾花甲，却是个有新思想的人。他又夸胡蝶演技好，教养好，是个表里一致的正派女明星，将来一定有好归宿。

阮玲玉自杀，新闻片来到杭州时，全城又轰动。我们全班同学都去看了。同时还放映她主演的《新女性》影片，看她最后在生死中挣扎的悲怆，真奇怪一个演悲剧的影星，怎么自己的命运也会注定是悲剧结束呢？

新闻片中，阮玲玉被打扮得如花似的尸体，僵硬地由她的恋人唐季珊捧着，放进豪华棺木中。一代艺人，就此结束了一生。唐季珊穿着白色丧服，在灵前垂手而立，哀戚地答谢来致吊的影剧界宾客。发引时棺木上写的是“艺人阮玲玉之丧”。执绋行列很长，看来身后备极哀荣。可是一位同学悄声叹息道：“唐季珊并不是她的丈夫，听说她临死时曾问他：‘你真正爱我吗？’可怜她仍旧是一个人孤孤单单地走了。”

胡蝶那时正在国外访问，报纸上天天有她的新闻报道与照片，那一两天，阮玲玉自杀与大出丧的新闻，与她的访问新闻，同时占了很大篇幅。我想起胡蝶与阮玲玉合演过好几部片子，分别担任善恶不同的两种角色。在心理上，我们有一种错觉，总觉得她们二人一定是对立的。现在看《胡蝶回忆录》，知道她在莫斯科惊闻噩耗时，痛失好友，非常伤心。但居然有人说她听了这不幸消息，反而笑了。这种不近情理的恶意造谣，胡蝶于数十年后追述起来，仍感寒心。但她温厚的性情，在当时也不愿置辩。正如她对“与张学良共舞”的谣言一样，只好以沉默来表示被诬蔑的痛心。清者自清，浊者自浊。说句实在话，当年的影星，在私生活方面都非常检点、自爱，他（她）们都知道，从影是一项严肃的艺术工作，不是为了出风头，更不是为了争排名、论片酬。影艺新闻对影星的报道，也都很平实求真，不故意制造绯闻以争取读者与观众。当时几位名导演名编剧如郑正秋、张石川、卜万苍诸先生，与几位男明星如郑小秋、龚稼农、王徽信、金焰，与稍后的金山、赵丹、王引、王豪等，都极受观众的敬重。读《胡蝶回忆录》，更了解他们在中国电影草创时期的贡献，和他们忠于艺术的踏实苦干精神，实在令人钦佩，也深深值得今日从事第八艺术者引为模范的。

在我个人来说，那时是一个成长中的中学生，阅世至浅，感情丰富而脆弱，看小说、看电影，从中所获得的启示，常常比家庭父母的耳提面命，与学校严师的训诲更多。在我记忆中，每看完一场电影，心灵上总有很大的感受。悲剧的爱情故事，善恶分明的人性冲突，都深深震撼着少女的心魂。尤其是胡蝶主演的片子，她所饰演的女性，无论贫富贵贱，总是那么温厚、善良，故事的结局，于笑影泪光中，总给人光明向上的启迪。每回看完电影以后，与同学们讨论故事内容，都萌生起对世态人情强烈的是非感与同情心。今日回想起来，深感电影实在有对社会潜移默化的教育功能。因此编剧、导演与演员的学识品德修养，应与他们的工作经验、年龄阅历而俱增。反观今日多元化的社会形态，电影、电视总是商业化的以争取甚至迎合各阶层观众为能事。无论什么故事内容，总或多或少地渲染色情、暴力，连名家小说改编的所谓“文艺片”，亦不例外，且以此“现代手法”，标榜对人性的刻画。而描绘善良人性的、温馨的、启示光明面的片子，日益减少。因为那种温吞的内容、缓慢的节奏，是落伍的，不合青年人口味的了。这是我这个杞人忧天者不合时宜的慨叹。固然，时代是进步的，电影艺术、导演手法是日新月异的，我们不能开倒车，墨守成规。但电影是深入社会人心的，除了娱乐性之外，不能不顾到道德效果。美国电影有注明限制儿童入场，电视节目中则常有富教育性、人情味的影集，父母子女共同欣赏，是一份很大的乐趣。相信国内一定已有致力于儿童教育方面的好影集与好电影了。

日前应友人之邀，兴冲冲地去观赏她刚从家乡带来的电影录像带。没想到全是武侠打斗片，一开始就是拳脚交加，白刀进、红刀出。使我闭上眼睛，不忍卒睹。因此想起前不久司马中原一篇题名《剑与侠》的文章，他语重心长地写到武侠对社会人心的影响。最后他写一位记者问一个少年被告杀人时的心情，回答是：“一刀进去，清洁溜溜。”司马说他看了那访问，一夜不能成眠（大意如此）。我读了司马的文章，也几乎不能成寐。

由于谈早年电影，引起对今日电影的许多感触，不免把话扯远了，现在言归“正传”，再来讲讲“胡蝶迷”的开心事儿吧！

我当年那么倾慕胡蝶，收集了无数张胡蝶玉照，可是战后搬迁中，许多宝贵的纪念品都散失了。胡蝶照片，当然也没影子了。到台湾以后，随身旧物，所存无几，心中一直如有所失。但过去的年光不能再回来，失去的东西不可再得，痛惜何益，只好渐渐淡忘了。

倒是没想到，有一回在文友张明大姊家，意外地见到胡蝶，那一分惊喜兴奋无法形容，立刻上前拉着她的手，絮絮叨叨地对她说了好多倾慕的话，一口气背了好多部她主演的片子，仿佛自己一下子又回到天真的少女时代。她那时已年逾花甲，我也是望六的老影迷。看她雍容大方，风华依旧，尤其是颊上那一对迷人酒窝，和当年一样地若隐若现。她态度亲切，谈吐风趣坦率。我钦佩她的，倒不只是她的仪容，而是她这位老艺人的为人处世，和一生对电影艺术的敬业精神（今读她的回忆录，足见我的看法不错）。她从提包中取出一张《锁麟囊》的剧照，签了字送给我。她的亲笔签名，没想到要在几十年后才获得。想起约一九三几年时，杭州西湖开了一个豪华的蝶来饭店，老板是以胡蝶、徐来命名的，落成开幕之日，特请胡蝶、徐来两位影星来剪彩，那又是轰动杭州全城的事。我们几个同学，手中各持她们二人的照片，一早就鹄候在蝶来饭店外面，遥远地望着汽车停下来，两位美人前呼后拥地进去了，我们女生胆子小，力气小，连她们的脸都没看清楚，莫说请她们签名了。这段往事，后来居然有机会当面对胡蝶叙述，而且大家都已步入老年，真有他乡遇故旧的欢愉呢！

谈起我国电影业的起落兴衰，和许多影星的沧桑，大家都感慨万千。那天在座的还有金素琴、顾正秋、唐舜君诸女士，我与文友们和这四位大美人合摄了一张照片。几天后，我邀请胡蝶和诸文友来舍间便餐欢聚，又有机会和她单独合拍了一张照片。想起她当年欧游归来时，报纸上天天有她的照片和报道，我都曾一张张剪下来。少女的痴傻情愫，追想起来，颇为有趣。而时光已飞逝了将近半个世纪，胡蝶的生活，也由绚烂趋于平淡，听她谈家居生活也格外有趣。邻居们听说大明星胡蝶来了，都纷纷要来一睹风采。她风趣地说："五块钱门票看一看哟！年轻时是十块，现在老了是半价。"逗得大家都笑了。

讲起夫妻相处之道，她说她先生有事不开心时，把脸拉下来，她也不和他吵，只把一面镜子拿给他，问他："看看这样的脸，逗不逗人喜欢？”她先生也不禁莞尔了。可见她性情的和蔼。

那一次和她的会面，一转眼又是十多年前的事了。荏苒光阴，虽不留情，而那一段温馨的记忆，弥足珍惜。如今细读她的回忆录，欣赏她一帧帧有历史性的照片，一方面佩服她记忆力之强，记录小姐整理的有条不紊；一方面感悟，一个从事电影工作的人，当具有一分谦冲学习精神，和坚忍不移的定力。

胡蝶和许多她同时的老牌影星们，应是今日年轻的从影人员的好榜样。而郑正秋、卜万苍、张石川诸位先生的学识道德，和对电影事业之忠诚，尤令人钦佩难忘。

走笔至此，夜已深。让我这个老“胡蝶迷”，借这支秃笔，遥祝胡蝶女士，老当益壮。

两位裁缝

旧棉袄料子是牢固又雅致的真正织锦缎的。初到台湾时，配上西装长裤，穿了好多年，只因人渐渐有点发胖，高领又不舒服，只好收在箱子底里。两年来的搬迁，总是带着，舍不得丢弃，还想有一天心血来潮，把它改成一件背心，岂非又是新潮派的时装了？

前儿把它取出来，用小剪子拆，竟是无从下剪。因为每一条线缝，每一颗纽扣，都是金针密缝，不但无法入手，也有点舍不得把如此完整的手工予以破坏。

做这件棉袄的老裁缝，原是我家乡一位远房亲戚，我称他“宝增阿公”的。他每年秋冬之间，都会来我家做活，一做起码半个月。那一段日子，也是我最有得拿针线玩儿的快乐时光。只要我背完书，走出闷人的书房，宝增阿公会招手要我坐他身边，抽一根线，拿一枚针，叫我穿上，再给我一块布，叫我自己剪一件直直的短衫，缝给布娃娃穿。粗心的我，不是针把手指刺出血来，就是剪刀不听话，把布剪得七歪八翘。宝增阿公总是耐心地再给一块，叫我再剪。我用最粗的跑马针很快就把一件“马褂”给缝好了。宝增阿公连连摇头说：“缝得跟霉干菜一样皱，不行啦，女孩儿要细心，老师不是教你，姑娘要学女红吗？女红就是针线活儿呀。你缝得这样粗，一定要拆了再缝，非缝得平平整整不可，缝得好，我空下来给你做个荷包。”

我当然高兴再缝啦，他又对我说：“现在不耐心好好学，长大了做什么都不会细心。你看我是个男人，就这么一年到头坐着做针线。手指头都给针顶出大茧来，我还是一针针地缝，一丝一毫也不马虎。人家说我吞下去的线头，在肚子里都会滚成一个球了。”

他边说边揉他鼓鼓的肚子，张开嘴打个嗝。我不由得真的担心他肚子里的线球会越来越大，有一天会作起怪来呢！

这件织锦缎棉袄，是有一年父亲特地接他到杭州玩时，他高兴地为我做的。那时他已把店交给儿子和侄子，自己悠闲地出门游山玩水了。但他在我家闲不住，还是给我做了这件棉袄。他说:“我给你特别加工，缝得牢点、宽大点，你做新妇时还可以穿。”他边缝边笑，老花眼镜掉到鼻尖上，下巴都笑得弯过去了。

棉袄是当豪华的贵宾衣穿的。每回参加别人家喜庆，或是逢年过节时才穿，所以一直很新。织锦缎牢固，花色也永不过时。后来出门读书住校也穿，棉袄成为时髦的宝衣了。每穿时，都会想起宝增阿公慈爱的神情，和他对我的教导。

他不只教导我，也一样教导自己的儿子和徒弟。他们如果缝得稍有点马虎，不中他意，就要他们拆了重缝，宁可赔工赔时间，绝不肯把主顾的衣服偷工减料。他是位典型的好师傅，教出来的徒弟，也一一被人称道。徒弟们也非常尊敬老师。

这样的好师徒，求之于现代是不容易有的。倒使我想起在台北时，遇到的一位年纪轻轻的裁缝，也令人非常怀念。

那时我寓所附近有间小裁缝店，每回走过时，都看到一个二十岁不到的年轻裁缝，埋头做活，一副专注的神情。我因而也拿点普通料子请他做，才知他是这间小店挑大梁的，老板在别处有间大店，很少来这边，我一直未见到。他这个徒弟会剪裁，会设计，人又和气，一脸的书卷气，我真是非常喜欢他。他不但做新衣，连过时的旧衣服，都愿接受修改。

改得你称心满意，他也乐得笑口常开。他工资又算得低，低得使我都过意不去，自动给他加一点，他还说："旧衣服嘛，给改得能穿就好。算多了工资，你就划不来了。"我真像进了君子国。

他做的活，也是金针密缝，一点也不马虎，顾客们个个称道，因而生意日益兴隆。我猜想他的老板，一定也跟我家乡那位宝增阿公一样，是一位认真教导徒弟的好师傅。

有一天，见到老板了，没想到竟是一张"欠他多、还他少"的扑克脸。我夸他的伙计工做得好。他冷冰冰地说："做得慢死了，像他这样，一个月能做几件？赚多少钱？"我说："慢工出细活呀！"他哼了一声说："要什么细活，现在都是讲究新款式，样子新，穿起来漂亮合身就好。明年又有新花样，过时的就不穿了，缝得细有什么用？"

我奇怪这样的师傅怎么会教导出这么好的徒弟。有一天，我悄悄地问，他才对我说：老板不是他师傅，是他叔叔，他是跟父亲学的，父亲去世了，才帮着叔叔做。他叹口气说："他总是嫌我缝得太细，花费时间，因为衣服是论件的，缝慢就吃亏了。但我从小是爸爸教的，拿起针线就得仔仔细细地缝，偷工偷懒不来呀。"

他无可奈何地边说边摇头苦笑。我好为他抱屈。以后就不忍心再拿旧衣服请他改，以免他受老板责骂。

没过多久，有一天我过他门前，他特地跑出来，郑重其事地对我说："太太，老板不要我了。做到月底我就走了。看找不找得到好老板。有了地方打电话给你。若是我爹不死，我就可以在家里摆个桌子做活，也会有生意的，现在连房子都没有了。"原来他母亲为父亲做坟起个会，竟被人倒账，会脚跑了，她得赔出来，只好把房子卖了还债，母亲也气病了。

这么个好孩子，竟有如此不幸的遭遇，我记下他的地址，远在永和，曾特地买了点心和补药去看他母亲，那一副劳累憔悴的容颜，令人心酸。自恨无力量帮助他母子脱离困境，也为人世的不公平，好人常受折磨，深感痛心。

他离开那间店后，我就永没再跨进去过。不久，那店也关门了。这位年轻的好裁缝，却一直使我非常挂念，总在心中默祝他能遇到一位厚道的老板。更祝福他有一天能自己开一家裁缝店，教出几个诚实的徒弟。想他若早生数十年，能遇到宝增阿公，该多么好呢！

讲英语

讲英语，就算讲得十分流利，总不及讲自己母语那样，不假思索地得心应“口”。但，跟老外交谈，你能讲中国话吗?

想起多年前，台湾几位美国职员太太，闲来无事，很喜欢交中国朋友，尤其愿意和文教界的女性交往，多了解中国社会生活习俗和中国文化。于是我们几位谈得来的朋友，就轮流邀请她们来家中做客。我们又吃又谈的，倒也觉得彼此获益匪浅。

但说实在话，日常生活方面，用英语表达当然毫无困难，谈到中国文化，那就不是“三言两语”的英文说得彻底的了。为了争取双方的相互学习，我们就改用命题作文的方式。主题就是介绍中国习俗文化。除了讨论作文以外，我们就都偷懒地说中国话。有一位朋友说，一下子把舌头转过来、放松了，觉得好舒服啊！这么一来，我们的英语会话还没老外学中文进步得快呢。

我不由回想起中学时代学英文的有趣情形来。我念的是教会学校，美国老师非常严格地规定，课堂里必须用英语发问及回答，连同学之间也不许说一句中国话。因此上英文课时，就显得特别安静。没哪个同学能用英语说悄悄话呀！校长还有一个规定，每逢星期三，全校师生都必须说英语。星期三是英语日，是我们感到最长的一日。训导处还指派高二、高三同学当纠察队，随时巡逻，发现谁不小心用中文说溜了嘴，就要记名字扣操行分数。弄得我们低班同学，一个个有口难开，紧张兮兮。在校园里，遇到同学就点头摆手而过，不开腔总不犯错吧。遇到老师，只一声 Good morning 或 Good afternoon，就急急忙忙溜开。最有趣的是遇到我们那位老学究型的国文老师，我们就故意尖起嘴，用中国译音对他说："第二踢球（Dear teacher），哥的梦里（Good morning）！"他生气地摇摇头走了。

中午在饭堂进餐时，平常总是吱吱喳喳的，像野鸭子过河，到星期三就鸦雀无声了。因为能用英语谈天的，只有美国老师和校长、教务长她们，她们都是轻声细语的。间或听到高三同学爆出一声响亮的英语，我们就羡慕得不得了呢。

回到家中，我告诉一位正来我家考中学的顽皮叔叔，他说："如果在吃饭时，美国老师问你吃什么菜，你就说，酱油拌螺蛳，麻油萝卜丝。如果问你星期天干什么，你就说，我来河里拍水，不来河里游水，游水会淹死。"我听得一愣一愣的，不懂他说什么。他说："你试试看说得很快，不就像英文吗？"我才恍然大悟，把肚子都笑痛了。

有一年，父亲带我去莫干山避暑。住在"菜根香"豪华大饭店里，每餐中饭，都要把衣服穿得端端正正的，才去进餐。满眼望去，好多洋人。我们邻桌就是一家三口洋人，小女孩大约四五岁，非常可爱。我对她笑笑，她不时走到我身边，看看我的两条乌黑粗辫子，很稀奇的样子，摸一下又走了。父亲老是催我，"你跟她说英语呀，你不是在学校里学过好多英语了吗？"可怜的我，却紧张得只会说一句Good morning与Good afternoon。但那时是正午，难道能说Good noon吗？就只好对她傻笑，说不出话来。回到屋里，父亲生气地说："花那么多钱给你念教会学校，两年了，怎么一句英语都不会。"我自己也感到很灰心，不由得泪如雨下地说："爸爸，我不喜欢住这样洋里洋气的旅馆，我不喜欢吃西餐，我也不喜欢说英语，我只想回家。"父亲忍不住扑哧地笑了。他说："好了，你就跟那个小番人讲中国话，唱中国歌给她听吧！”

其实，只要父亲不那么逼我，我也会把学过的英语，一句句都慢慢儿想起来，慢慢儿和小番人讲。在庭院里，在游乐室中，我和小洋朋友们居然侃侃而谈起来，还唱好几首英文赞美诗给她们听。教她们中国游戏，她们也教了我好多谜语与纸牌游戏。那可以说是我和老外社交的第一课吧！那些有趣的谜语与游戏，到今天还记得呢！

如今身在美国，寓所四周的邻居，没有一家中国人。打开门来，与他们一碰面，就得卷舌头说英语。莫说是对人，连跟猫狗打招呼，都得说英语，否则它们不懂，就不会对你表示友善了。

永恒的思念

父亲在一九二几年时，曾在浙江任军职，杭州的寓所，经常有许多雄赳赳的马弁进进出出。那时哥哥和我都还小，每回一听到大门口吆喝："师长回来啦！"就躲在房门角落里，偷看父亲穿着一身威武的军装，踏着高筒靴咯嚓咯嚓地走进来。他到了大厅里，由一位马弁接过指挥刀和那顶有一撮白缨的军帽，然后坐下，由另一位马弁给他脱下靴子，换上软鞋，脱下军装上衣，披上一件绸长袍，就一声不响地走进书房去了。哥哥总是羡慕地说："好神气啊，爸爸。我长大了也要当师长。"我却噘着嘴说："我才不要当师长呢……连话都不跟人家说。"

父亲的马弁，也都一个个好神气。哥哥敢跟他们说话，有时还伸手去摸摸他们腰里挂着的木壳枪。我看了都会发抖。但只有两个人，跟其他的马弁都不一样。他们总是和和气气、恭恭敬敬地跟母亲说话，有时还逗我们玩，给我们糖果吃。所以只有他们两人的名字我记得，一个叫胡云皋，一个叫陈宝泰。

父亲总是连名带姓地喊他们，母亲要我们称“胡叔叔”“陈叔叔”，但顽皮的哥哥却喊他们“芙蓉糕”“登宝塔”。我也跟着喊，边喊边咯咯地笑。因为我是大舌头，喊“登”比喊“陈”容易多了。

他们二人，一文一武。胡云皋是追随父亲去司令部的，照顾的是那匹英俊的白马和雪亮的指挥刀；陈宝泰却是斯斯文文的书生模样，照顾父亲的茶烟点心，每天把水烟筒擦得晶亮，把莲子燕窝羹在神仙罐里炖得烂烂的，端进书房，在一旁恭立伺候。

胡云皋很喜欢哥哥，常把他抱到马背上，教他怎样拉住马缰绳，怎样用双腿在马肚子上使力一夹，让马向前奔跑，乐得哥哥只想快快长大当师长。我呢，只要马一转头看向我，我就怕得直往后退。胡云皋把我的小拳头拉去放在马嘴里，吓得我尖叫。陈宝泰就会训他，说姑娘家不要学骑马，要读书。因此他就教我认字，讲故事给我听，所以我好喜欢陈宝泰。

母亲很敬重他们，说他们是好兄弟，是秤不离砣。他们高兴起来，在一起喝酒聊天，但不高兴起来，谁看谁都不顺眼。胡云皋笑陈宝泰手无缚鸡之力，不够格在司令部当差，只好在公馆里打杂，而他自己是师长出入时不离左右的保镖，多么神气。陈宝泰一声不响，顶多笑胡云皋是个“猛张飞”，是“自称好，烂稻草”。

母亲带我们回到故乡以后，忽然有一天深夜，胡云皋急急忙忙赶到，一句话不说，把我们兄妹用被子一包，一手抱一个，叫长工提着灯带路，扶母亲跟着他快走，一直走到山背后一个僻静的小尼姑庵里，让大家不要声张。我们吓得只当是土匪来了，胡云皋告诉母亲，是父亲与孙传芳打仗失利，孙传芳的追兵会到后方来挟持眷属，父亲不放心，特地派他来保护我们到安全的地方躲一躲。我当时只觉逃难很好玩，而母亲对他穿越火线冒死来护送我们的勇敢和义气，一生念念不忘。

由于这件事，陈宝泰对胡云皋很钦佩，他说：“若是我，就不敢深更半夜在枪林弹雨中穿越火线。胡云皋这名字，一听起来就是个勇猛的英雄。”胡云皋听得高兴，两个人就掏心掏肺地要好起来，再也不嫌来嫌去了。但下棋的时候，仍旧是争得面红耳赤。一个说落子无悔，一个说要细心考虑。下到后来，胡云皋把棋子一抹说：“不跟你下了。”到了第二天，他们又坐在一起喝酒唱戏了。

父亲因为厌倦军阀内战的自相残杀，当了六年师长就毅然退休了。遣散部属时，胡云皋与陈宝泰坚决要留下伺候父亲。父亲同意了，对他们说：“你们以后不要喊我‘师长’，称‘老爷’就可以了。”陈宝泰记住了，就改口称“老爷”，但胡云皋总是“师长”“师长”地喊，父亲怪他：“怎么又忘了，只称‘老爷’呀。”他啪嗒一个敬礼说：“是，师长。但是我喊‘师长’，心里就高兴，仿佛您还在威武地带兵呢。”他一脸的固执，父亲也拿他没办法。

他们随父亲回到故乡，胡云皋是北方人，因言语不通，时常与长工发生误会而吵架。陈宝泰性情随和，他一口杭州话虽不大好懂，长工们倒喜欢跟他学外路话。有一次大家一同去看庙戏，台上演的是《捉放曹》，乡下难得有京班来的，胡云皋每句道白都听懂了，高兴得直拍掌。长工忽然指着台上说：“那个陈宫是陈宝泰，这个大白脸曹操就是你。”胡云皋气得一下子跳起来，骂长工怎可把他比作奸臣，说陈宝泰也不够资格当陈宫呀。他大声地吼，吓得台上的演员都停下来了。

从那以后，长工们都不敢和胡云皋说话，与陈宝泰就愈加有说有笑了。因此，胡云皋有点生陈宝泰的气。父亲把他俩叫到面前说："你们是我最亲信的弟兄，千万不可因芝麻小事不开心。"胡云皋结结巴巴地说："报告师长，我不是生陈宝泰的气，是他们把我比作坏人，我不甘心，我最恨曹操那样的奸臣。"父亲笑道："好人坏人全在你自己，别人是跟你说着玩的呀。"陈宝泰原都不作声，这时才开口了："老哥，你若是坏人，你会有勇气冒生命危险穿过火线，去保护太太与少爷、小姐吗？"胡云皋这才又高兴起来。

我再到杭州念中学时，哥哥早已不幸去世，母亲于伤心之余，只愿留在故乡。父亲比较严肃，不常与我亲近，我在孤单寂寞中，全靠胡、陈两人对我的爱护与鼓励。我住校后，他们常轮流来看我，买零食给我吃，我心里过意不去，陈宝泰说："你放心，我们的钱木老老，给你吃零嘴足够啦。""木老老"是杭州土话"很多"的意思，连胡云皋都会说。

抗战军兴，父亲预见这不是一场短期的战争，就决心携眷返回故乡。胡云皋义不容辞是一路护送之人。陈宝泰愿守杭州，父亲就不勉强他跟随了。将动身的前几天，父亲徘徊在庭院中、客厅里，用手抚摸着柚木的板壁和柱子，叹息说："才住三年啊！就要走了，也不知什么时候能回来。"我听得黯然。父亲平生最爱富丽的房屋，自己好不容易精心设计的豪华住宅，只住了短短一段时日，就要离去，对他来说，确实是难以割舍的！我呢？本来就嫌这屋子给我种种的拘束与活动范围的限制，觉得它远不如乡下的木屋朴素自在，所以丝毫没有留恋之意，反觉得父亲实在不必为身外之物耿耿于怀。站在边上的陈宝泰看出父亲的心情，立刻说："老爷，你放心走吧，我就一直不离开这幢房子，好好看管，不让人损坏一扇门窗、一片瓦。"父亲感动地说："时局一乱，你是没法保护它的，你还是自己的安全要紧，不能住的话，偶尔来看一下就可以了。"

于是陈宝泰就自愿担负起看守房屋的任务来。临别前夕，他买了酒，做了菜，与胡云皋痛饮饯别，请我在一桌作陪。他举杯一饮而尽，对胡云皋说："老哥，你是出入千军万马的人，有胆量，有勇气，这次护送的重任非得由你承担。我也不是胆小之人，我守着老爷最喜欢的房子，日本鬼子来，我跟他们拼命。不过我们这一分别，不知哪天见面，你到后方以后，总得给我画几个大字来，叫我放心。"说到这里，他的声音都沙哑了。胡云皋说："老弟，你放心，我一送到，马上回来陪你，我们是患难弟兄，分不开的。"

想想，在兵荒马乱中，交通已完全紊乱，海上航线也被封锁。自杭州回故乡，须取道旱路，经过敌人的占领区，昼伏夜行。胡云皋要马上回去，谈何容易。又想想，我此次与陈宝泰分别，后会究竟在何时？在泪水模糊中，我说不出一句话来。只有默祝我们能早日聚首，默祝彼此平安无事。

回到故乡才一个月，杭州就陷于日寇之手，两处音讯阻绝，父亲忧心如捣，后悔不该让陈宝泰留在杭州。胡云皋因一路辛苦，加上水土不服，被传染上疟疾，但他挣扎着要马上回杭州与陈宝泰共患难。这时忽传来杭州房屋被日军焚毁的消息，陈宝泰也生死不明。胡云皋痛哭流涕地说非要立刻动身不可。父亲也因不放心陈宝泰，就同意他扶病上路了。

临行前，父亲再三叮咛他，遇上日寇，不要与他们正面冲突，要机灵地躲过。留得青山在，往后报仇雪恨的日子有的是。

“是，师长。”他敬一个礼，“我一定要保住这条命，才能到杭州与陈宝泰相会，看看房子是不是真被烧掉。师长，您自己要保重，我不能伺候您啦。”

他再啪嗒敬一个礼，就提着破箱子转身走了。我紧跟在后面，看到他的背已微微有点驼了。病又没好，真担心他路上发烧怎么办，心中不免阵阵酸楚。我们穿过麦田，到了小火轮埠头，坐在亭子里等船时，我摸出母亲交给我的十二个银圆，塞在他棉袄口袋里，告诉他这是母亲给他一路买点心吃的。他抹着眼泪对我说："大小姐，你已经长大成人了，又念了不少书，要懂得怎样照顾父母。在危急时要格外镇定，就像我在边上照顾你们一样。"

我已哽咽得说不出话来，只好点点头。想想自己怎么能在危急中镇定得下来？胡云皋明明走了，怎么能像他在身边照顾我们一样呢？我真想喊："胡云皋，你别走啊！"可是我又好担心陈宝泰，他究竟怎样了呢？我又怎可不让胡云皋走呢？

小火轮来了，胡云皋紧紧捏了一下我的手臂，就跨上船去，站在船头向我摆手。在泪眼模糊中，我心头历历浮现的是幼年时，胡云皋与陈宝泰带着哥哥与我玩乐的情景。他俩是看着我们一天天长大的。可是哥哥去世了，如今胡云皋又要在战乱中离我们而去，陈宝泰则是生死不明，真感来日艰难。千言万语，无从说起，只有祝福胡云皋一路平安。

他走后，我们屈指计算日子，一天又一天，一月又一月，竟是音信全无。烽火连天中，他要捎个信自是非常困难。直到半年后，有人从杭州逃回，带来陈宝泰的信。信中说房子被日寇占据，改为野战医院，他被赶了出来，无法照顾，感到万分愧疚。日军原是答应他住在里面，为伤兵服务，他宁死不做顺民，只好逃走。还有一封信是给胡云皋的，劝他千万不要冒险回杭州，应该在家乡照顾我们。由此信可知胡云皋并未到达杭州与陈宝泰会面。房子被焚虽是谣传，但身外之物何足挂怀，使人忧心如焚的是胡云皋的下落不明。

自从与胡云皋在故乡的小火轮埠头分手，目送他消失在迷茫的晨雾中，就再也没有他的音讯。以他恩怨分明的性格，想来定已遭日军杀害了。

光复后回到杭州，连陈宝泰也不见踪影，他究竟吉凶如何呢？如果他平安无事，为何不来看我呢？难道他也已遇害了吗？想到他们的不幸，想到战乱中双亲的相继逝世，真个是国仇家恨，令人肝肠寸断。回顾杭州房屋，虽兀立依旧，而沧桑人事，何堪回首？

对有着江湖侠骨却生死不明的胡云皋、陈宝泰二位可敬的老人，我只有心香一脉，翘首云天，以寄我永恒的思念！

纸的怀念

尽管今天取用各色设计精美、质地厚实的纸张如此方便，我仍旧非常怀念家乡那种素净的土纸。

我要很骄傲地告诉朋友们，我的故乡——浙江永嘉县是以产纸闻名全国的。各大都市如上海、宁波、杭州乃至远及山东各地，都纷纷来温州永嘉订购质地细软的纸。最细最薄的一种，透明得跟蝉翼一般。宁波的特产——祭祖的金银纸（杭州人称为“库儿纸”），就是用这种纸加工，涂上金粉或银粉制成的。

由于我们的纸，营销全国，每年出售数量庞大，因此，纸的出产地——我们的小瞿溪乡，都上了中小学地理课本呢。我每回捧出地理书，总要翻到这一页，把老师早已用红朱笔圈了双圈的三个字，“瞿溪乡”，看了又看，用手指头摸了又摸，仿佛那三个字都会鼓得高高的，对我微笑呢。

其实，瞿溪乡本地并没真正产纸，方圆十里之内，根本就没有一家造纸人家。所有的纸，都是由附近山乡，刻苦的山地人做的。山乡的做纸人家，范围很广，一直绵延到瑞安、青田的边界山区。我们称之为“纸山”。所有的纸，都由他们一张张做出来，再一担担挑到我们瞿溪乡集中，转给纸行成交以后，纸行再以双把桨的平底船，运到距离三十里水路的城区，装轮船运往各地。

我们称山民为“山头人”，做纸的为“做纸人”。他们双手万能，每张纸都是用手工做出来而不是用机器制造的，所以都说“做纸”而不称“制纸”或“造纸”。做纸过程复杂又辛苦，我们小时候，每用一张纸，都有和吃饭时念着“谁知盘中餐，粒粒皆辛苦”同样的心情，自然都懂得爱惜纸张了。

我自幼生在瞿溪乡，一年里总有一两次到山里去做客。族中的长辈们，都把我当贵宾款待。做纸的山头人，看我这个从乡下去的，就觉得是很新式的人物了。但我们乡下人，看三十里水路之外的“城里人”，又羡慕他们的摩登时髦，有着无限望尘莫及之感。但无论如何，一提到纸，我们就对“城里人”神气起来了。因为纸是山头人做好，由乡下人运到城里的。

在山里做客，最最快乐兴奋的事，就是跟着大人们去看做纸。纸的作业过程非常长，并不是去一回，一下子就看得完的。在我记忆中，伯伯叔叔婶婶们全家出动、胼手胝足的辛劳情形，一幕幕都留下深刻印象。

纸的原料是“水竹”，它的质地柔软又富弹性，不像茅竹的粗脆易裂。春夏之交，将竹子砍下，修去枝叶，锯成五六尺长的一段段，用铁锤捣裂，在石头砌成的大坑槽里，用蛎灰（即牡蛎壳烧成的灰，碱性特重）腌浸达三月之久，在坑内竹子日渐发酵期间，全山乡酸气四溢，十分难闻，有过敏性的，皮肤就会发累累红斑，或眼泪鼻涕直流。我有个婶母就是患有过敏性的。但她过敏愈是发得凶，愈是高兴。因为知道竹子发酵发得好，纸做出来会漂亮，就不愁卖不出去了。如果天气阴晴不定，蛎灰发酵慢了点，她就会担心地念起来：“什么缘故呢，我的鼻子还没有酸酸的呢？”

浸透发透的碎竹片，已经变得很软很烂了，捞起来捣成细末，放在槽里用水搅拌，均匀得跟糨糊一般，再用一方网状框子，上面铺一块细竹帘，双手捧着，浸入浆中，轻轻在浮面向前一捞，向后一兜，再前后左右一摇晃，平平正正捧起，沥去水，极迅速向预先摆好的木板上一覆，轻轻抓起细竹帘，木板上就是一张方方正正厚薄均匀的纸，就这么周而复始地捞、兜、摇、覆、掀，纸就一层层向上增高，难得的是四面八方都齐齐整整，就跟刀切过一般。这就是做纸人的最高技术、真功夫。他们手势之纯熟、巧妙，铺在细竹帘上纸浆之均匀整齐，真看得人目瞪口呆。这份本领，都要有十数年的经验。经验不足的，捞起的纸张厚薄不匀，就只得列入次一等货色，白白糟蹋了上好竹浆是很可惜的，所以做这项工作的，都是家中年长、富有经验的男人，妇孺之辈是绝不能碰的。

等木板上叠到相当程度的纸，再用一块木板覆盖在上，压去水分，等半干之时，再分成一二寸的小叠，铺在地上晒干。为免被风吹走，上面都要用小石头压住，这项工作就是属于我们小孩子的了。如一看天上乌云密布，倾盆大雨将来临，就得赶紧收纸。那种靠天吃饭的辛劳紧张，和农夫耕田，天天抬头看天色一模一样。晒纸都一大早，全家老小一齐出动，免得下午有阵雨，晒一会儿，还得每叠翻个面，晒干后叠成一尺高左右的，放在厨房或廊下，下一步就是妇人家的工作了。她们厨房洗刷、喂猪鸡鸭的工作完毕后，就把一张“牛皮纸”（其实是油纸）铺在膝盖上，把纸放在膝头（也有放在矮凳上的），右手握一枚特制细长上有竹柄的针，在纸的右下角轻轻一挑，一张纸就翘起来，左手撮住纸角向左上方轻轻撕起，撕到只留下一小角就停止，挑完一叠，捧起转过来一抖，那一角未撕的就自然抖开，一挑一抖都要用浮劲，手法之奇妙就跟变魔术一般，这是妇女们的专门技术，也是真功夫，也看得我目瞪口呆。有一位婶婶看我这样渴慕地想学，就拿一小叠次一号的纸让我学着挑，我却挑得纸角粉碎，撕得七零八落。那一叠纸，就只好再浸回木槽重捞了。这项工作称为“分纸”，山头新媳妇进门，做婆婆的考验她是不是能干，“分纸”就是一项重要的考试课程呢。所以我们回到山头做客时，房族的婶婶和姊妹们，都笑我笨手笨脚，不会分纸，一定嫁不到好儿郎。回来告诉母亲，母亲笑眯眯地说：“你放心哪，你日后嫁的儿郎，是教你用纸写字，不是要你分纸赚钱的。”原来开明的母亲，早就打算把我嫁个“读书人”了。

分纸工作，是山头妇女最悠闲快乐的时光，她们三五成群地坐在一起，边挑着纸边哼小调，《十送郎》《十里亭》《四季花开》等，我当时都听得入神。有一次，一位妙龄美貌的姑姑，正轻声唱着：“十送郎，送到码道边，十只航船九只开。双手扶郎上船去，低声问郎几时归。”她那两心相许的少年郎正巧端着一叠纸，放在脚跟前。他们四目相视，脉脉含情的神态，把我这八九岁的傻姑娘又看呆了。可是山乡的婚姻，都凭父母之命、媒妁之言，那位美丽的姑姑，后来嫁的并不是她的心上人，那一段恋情只如彩虹一闪而逝。听说她嫁后受尽严厉婆婆的凌虐。我再见她时，她已是三个孩子的母亲，脸色憔悴，眼神无光。我悄悄地和她说起当年在廊檐下分纸唱小调的事，她茫茫然地望着我说："有这回事吗？我怎么一点都不记得了呢？"她是真的忘掉了吗？

分纸工作完毕，最后一步又是男人的事，他们把纸一沓沓整理得整整齐齐，叠到半个身子以上高，就用麻绳扎紧，一担担捆好。次日鸡鸣而起，挑到乡下——瞿溪——的纸行去卖。七十里山坡路，到乡下已是上午八九点钟，其奔波辛劳可以想见。

瞿溪有好多家纸行，各自挂着招牌，也各自请有经验丰富的中间人，代为选择质量、称斤论两、讨价还价。往往为了几枚铜板，争得面红耳赤。当然，乡下人和山头人打交道，吃亏让步的总是山头人。只要能把全家辛苦做出来的产品脱手，换到一两枚白晃晃叮叮当当的银圆，已经是心满意足，哪里还敢多争呢？那些中间人，有一个特别的名称，叫作"牙郎"，不知是否尖牙利齿之意。他忠心耿耿地为纸行老板估价、杀价，对货色百般挑剔，不是嫌纸的成色不好，就是嫌晒得不够干燥。我因为多次在山头亲眼看见过他们做纸的辛苦，现在站在边上，看他们一脸的憨厚无奈，心里真是老大的不忍。可是我是个孩子，又是不中用的女孩子，哪有我插嘴的份儿，如果不是看在我是“潘宅大小姐”分上，早就叫我站得远点了。

货物成交以后，牙郎用土朱笔在一叠叠纸的边上，注明价格、担数，亦凭此计算佣金。每个牙郎有他们自己专用的字体，一望而知，不会混错。每担纸是一百刀，每刀一百张，如发现短缺，还要扣钱。有的牙郎竖眉瞪眼，有的却很和气，点数估价也公道。宽大的纸行，生意就会兴隆。我仍记得的有胡昌记、王泰生二家，他们忠厚传家，后代儿孙都非常昌盛，所谓积善之家，必有余庆！

交易完毕以后，山头人把宝贝的“番钱”（银圆）小心翼翼地收在腰带里，贴肉扎好。然后坐在纸行门槛上，取下扁担头上挂着的饭箩（有如台湾的便当），好好享受一顿丰盛的中饭。所谓“丰盛”，就是糙米饭加几条小咸鱼，比在家吃的番薯丝拌饭就讲究多了，因为出门做生意辛苦，做妻子的是会给他把饭盛得满满的。吃饱以后，他们就在瞿溪街上逛逛，悠闲地享受一下乡下风光，摸出一枚银角子，买块香皂给“屋里人”（妻子），花几个铜板，买包松糖给“嗽饭卒”（小孩子），就算满载而归了。

这时大概是下午一两点钟，然后还有个最重要的节目，就是“游潘宅大花园”。

我家的老屋建筑，在乡里是最大最有气派的。父亲大部分时间在杭州，大宅院由母亲掌管的日子，总是把前后门大开，四时八节让许多外乡人来游园、参观。尤其是山头的“卖纸人”一拨拨地进来时，母亲特别欢迎，因为母亲也来自“山头”，对他们格外有一分亲切感。我呢？在纸行里看了他们和牙郎交易时，满脸的凄惶，现在走进我家，在大门口就先舀一勺阿荣伯为他们新泡的大茶缸里的茶，咕嘟咕嘟喝下了，就会笑逐颜开起来。我心里也好高兴。他们背着扁担，空饭箩吊在上面荡来荡去。从游廊走到正厅，从正厅走到花园，走进嵌五彩玻璃的四面厅时，手摸着红木镶大理石桌椅，嘴里啧啧连声地惊叹着：“得意险啊（真享福啊）。”我也就跟在他们后面得意起来。有一次，他们一不小心，扁担头把五彩玻璃碰破了，卖纸人好惊慌，母亲闻声而至，连声说“不要紧，好配的”。卖纸人战战兢兢地问：“好不好把碎玻璃带回去给屋里人看看，她没见过呢。”母亲说碎玻璃会割手，叫阿荣伯从厢房里找了块完整全新的，用布仔细包了给他。好几个卖纸人都要了几块不同颜色的，分别带回去。这一段游园小插曲，在我记忆中留下深刻印象。感到母亲的宽大、和蔼，以及推己及人、与人同乐的胸怀，在任何一件小事上都可看得出来。从那以后，我对原是冷冷清清的五彩玻璃四面厅，也像格外有好感起来，觉得那是一个接纳宾客的温暖庭院。可后来二妈一度回乡，嫌山头人土里土气，扁担撞来撞去，就把通花厅的边门关闭，不让他们进入最精彩的花厅游览，五彩四面厅与满园花木，也顿时失去神采。母亲那时已退居静室，一心礼佛，卖纸人来时，很想见见大太太也不容易见到了。

现在再说纸行收买好一担担的纸，多则数千担，少亦数百担，还得仔细整理、点数，不足的必须补足，四边要磋磨光滑，重新用薄竹片捆扎，在边上印上红或绿色字号商标与纸的品类（品类多至十几种，我只记得有所谓“头类”“二类”两种，是我们写字常用的）。质地讲究的，还套以竹篓。各种纸分类包扎妥当，运往温州城里的公司行号，交货取款。然后报关装大轮船运往外地。纸行对质量管理很严，信用都很卓著。这也是瞿溪纸业兴盛的原因。

总观整个过程，纸是由山头人的双手一张张做出来的，到装大轮船运往山东、杭州等地，中间要经过乡下的牙郎、纸行，城里的公司行号，层层转手，辛苦的山头做纸人，能得蝇头小利，一家温饱，就非常快乐满足了。

有一点特别值得一提的是，我乡的纸行，向城里接受订货、交货等，都只凭口说，用不着立契约，所有交易都是一言为定，从无失约赖账等事情。他们的中间利润，也不过百分之三四而已。他们都是靠勤恳、诚实建立基业的。我前文所提的，以纸行起家的胡昌记、王泰生两家，两位创业的老祖父都已退休享清福，他们的孙女儿都是我的好朋友，因为我是读书的，他们都时常送我一刀刀的头类二类好纸，给我习字抄书。但尽管是那么好的纸，我写出来的字，老师和母亲都说是“蟹酱字”，没有一个端端正正看得顺眼的。受天分所限，真是辜负了我乡的名产好纸啊。

胡昌记的阿公，是我外公的好朋友，外公在我家的日子，他每晚都提着一盏红灯笼，摸到我家来，和外公坐在灶边，讲不完“当年初”（从前）的古老事儿，我抱着小猫，趴在柴仓里听故事，总是听不厌。父亲回乡时，也很尊敬胡公公，曾送他一支白玉嘴的旱烟管。父亲问他纸行生意是怎么兴旺起来的，他笑呵呵地说：“没有什么秘诀啊，我只叫儿孙要勤勤恳恳、诚诚实实地做生意，对山头做纸卖纸的，不能欺侮，对城里的公司行号，不能失信用，生意自然会好啦！”

另一家王泰生，他家房子也很大，前门靠近我家后门。王宅有姑、侄两位，都是我童年好友。姑姑嫁到邻家毛宅，毛宅不开纸行，只将毛宅的余屋低价租给宁波人做纸业生意，是为了给外乡人一点便利，不是为赚钱。

毛宅子弟都带点书香，尤其是毛自诚、毛镇中兄弟，所以渐渐地向外发展。毛镇中娶的就是王宅的那位大姑娘，她有个很雅的芳名叫湘君，小时候和我一同唱“可怜的秋香”，一同玩弹珠、踢毽子，情同姊妹。她嫁的儿郎毛镇中喜欢金石、书法，也会吟诗，他太太娘家有的是好纸，倒让他把一手字练得苍劲有力。他也会刻图章。到台湾后，我们他乡遇故旧，倍感亲切。和他闲话家常中，看他一个食指总是不停地在空中画着，问他用什么纸练字，他说：“报纸嘛，哪里还有家乡的头类二类呀！”他曾用大小不同形状的青田石，刻了陶渊明的《归去来辞》全文，每句一枚图章，盖在宣纸上送我，真是最好的纪念品呢！

他生性淡泊，不慕名利，时常一卷在手，或一刀在握，读书刻石自娱。他自讥作的诗不是打油诗而是“熬油诗”。

我们当年童稚情亲，如今都已渐入老境。在台湾时每回见面，都是絮絮叨叨的，有说不完的故乡往日情景，也有说不尽的魂牵梦萦。这种心情，岂不也好像半个多世纪前，外公和胡公公两位老人，坐在灶头边有讲不完的“当年初”事儿呢？

三十年点滴念师恩

八十七高龄的恩师夏承焘教授在北京仙逝已逾半年，到今天我才为文追念。实由于前尘似梦，思绪如麻，竟然整理不出一个头绪来。如今只能琐琐屑屑地追叙，也只好任行文凌乱无章了。

与恩师阔别将四十年，我也曾写过几篇怀念他的文字，但总觉师生之间，有一份“人天永隔”的怅恨。近年来这份怅恨愈来愈浓重。当恩师逝世的消息传来时，我却木木然的，并不觉得怎样悲伤。难道真是“老去渐见心似石，存亡生死不关情”了吗？

据在天之涯的一位同窗来信说：恩师于近六七年来，记忆力日渐衰退。一九八二年他去拜谒，恩师频频问他：“你尊姓？你是从何处来的？”这位弟子感到很悲伤。但我仔细想想，以一位历经浩劫的学人，阅尽人间沧桑，也贡献了一生的学问精力，最后失去记忆，浑然忘我，未始非福。我对恩师既早有人天永隔的感觉，如今确知今生不能再相见。纵然能再相见也不能再相识。岂不正如我当年作《悼念启蒙师》一文中所说的“不见是见，见亦无见”啊！

恩师的道德文章，与他在词学上不朽的贡献，海内外已有多篇文章报道，毋庸我赘述。在我记忆中浮现的，都是在杭州、上海求学时代，他对弟子们传道授业的点点滴滴，与师生间平日相处言笑晏晏的情景。卒业后恩师曾嘱写《沪上朋游之乐》一文，而以战乱流离，未能动笔。抗战胜利回到杭州，重谒恩师于西子湖头。他问我此文已脱稿否，我却惭愧地交了白卷。他轻喟一声说：“当时只道是寻常，你还是应当写的。”我愧悔自己，总是等闲错过了许多值得怀念的时光。但深幸国土重光，正以为来日方长，《沪上欢聚》一文，定可缓缓写就以报恩师。却以生事劳人，又是迟迟未遑执笔。讵料局势剧变，一九四九年匆匆渡海到了台湾。与恩师一别竟成永诀。如今即使写了，又何能呈阅恩师之前呢？

我进之江大学，完全是遵从先父之命，要我追随这位他一生心仪的青年学者与词人。我上他《文心雕龙》第一堂课时，却只是满心的好奇。他一袭青衫，潇潇洒洒地走进课堂，笑容满面地说："今天我们上第一节课，先聊聊天。你们喜欢之江大学吗？"那时同学们彼此之间都还不熟悉，女孩子更胆怯，只低声说"喜欢"。他说："要大声地说喜欢。我就非常喜欢之江大学。这儿人情款切，学风淳厚，风景幽美。之江是最好的读书环境。一面是秦望山，一面是西湖、钱塘江。据说之江风景占世界所有大学第四位。希望你们用功读书，将来使之江的学术地位也能升到世界第四位甚至更高。"

他一口字正腔圆的永嘉官话，同学听来也许有点特别，我却非常熟悉。因为父亲说的正是同样的"官话"。尤其是他把"江"与"山"念成同一个韵，给我印象十分深刻。接着他讲解作者刘彦和写《文心雕龙》的宗旨，并特别强调四六骈文音调之美，组合之严密，便于吟诵，易于记忆。然后用铿锵的乡音，朗吟了一段《神思篇》问我们好听吗？我觉得那么多典故的深奥句子，经他抑扬顿挫地一朗吟，似乎比自己苦啃时容易得多了。下课以后，与一位最要好的同学一路走向图书馆，一路学着老师的调子唱"形在江海之上，心存魏阙之下"，又学着他的口音念"前面有钱塘江，后面有秦望山"，却没想到老师正走在我们后面。他笑嘻嘻地说："多好呀！在厥（这）样的好湖山里，你们要用功读书哟！"

中文系同学不多，大家熟悉以后，恩师常于课余带领我们徜徉于清幽的山水之间。我们请问他为何自号“瞿禅”，他说因自己长得清瘦、双目瞿瞿。又请他解释禅的道理，他说：“禅并非一定是佛法。禅也在圣贤书中、诗词文章中，更在日常生活中。”后来他教我们读书为人的道理时，在他那平易近人、情趣横溢的比喻中，常常含有禅理，却使我们个个都能心领神会。那一点深深的领悟，常于他对我们颔首微笑中，感觉得出来，而有一分无上的欢慰。因此我们同学之间对他都称“瞿师”，当面请益时称他“先生”。

瞿师常常边走边吟诗，有的是古人诗，有的是他自己的得意之作。他说：“作诗作文章，第一要培养对万事万物的关注，能关注才会有灵感。诗文看似信手拈来，其实灵感早在酝酿之中。比如‘松间数语风吹去，明日寻来尽是诗’，看去多么自然，但也得细心去‘寻’呀。”他站在高冈之上，就信口吟道：“短发无多休落帽，长风不断任吹衣。”弟子们看着他的长衫，在风中飘飘荡荡，直觉得这位老师，有如神仙中人。大家都说：“先生的境界实在太高，学生们及不到。”

他说：“这两句诗并不是出世之想，而是入世的一分定力。人要不强求名利，任何冲击都不致被动摇了。”在九溪十八涧茶亭中坐定，一盏清茗端来，他又吟起词来：“短策暂辞奔竞场，同来此地乞清凉。若能杯水如名淡，应信村茶比酒香。无一语，答秋光，愁边征雁忽成行。中年只有看山感，西北阑干半夕阳。”这是瞿师的得意之作，也是弟子们背诵得最多最熟的一阕词。那时瞿师行年仅三十余，就已到了看山是山的境界。他才能体会“名如杯水”“村茶胜酒”的况味。

瞿师又侃侃地与我们谈起他的苦学经过，尤为感人。他并非出身书香门弟，父亲只是位小小布商，家中人口众多，无法供他兄弟二人同时念书，但又很想培植一个儿子做“读书人”，因而心中踌躇不决。那时他才六七岁。有一天，他父亲一位老友来访，看他耳朵轮廓中多长一个弯弯，觉得此子有点异相，就问他：“你喜欢读书吗？”他答道：“我要读书，长大后要做一个顶顶有学问的人。”父亲听了好高兴，马上决定给他读书，他哥哥也自愿放弃求学，随父经商。所以他每回想起兄长就非常感激地说：“如不是哥哥牺牲学业培植我，我哪得有今天。”手足之情，溢于言表。

他小学毕业后考进有官费补贴的永嘉省立师范，不但免学费，还可有几文零用钱带回家。在那一段日子里，他把学校图书馆的古典文学书全部读遍。对于诗词尤感兴趣，已能按谱填词，这就是他立志学词之始。师范毕业后，无钱马上念大学，就暂住乡村小学教书。在幽静的乡村里，他就作了不少诗、古文与骈文，那时他还不及二十岁。“昨夜东风今夜雨，催人愁思到花残”，是他少年时的得意之作。

他执教的小学，就在我出生的故乡瞿溪小镇。所以到我念大学时，他回想起来，赠我诗云：“我年十九客瞿溪，正是希真学语时。”我记得幼年时，他曾来我家拜访过先父，先父就赞叹说：“这位年轻人将来一定是大学问家。”希望我能追随他读书。

十余年后，他果然已主大学教席。我进之江才半年，先父的挚友刘贞晦伯伯指着我向别人介绍：“这是瞿禅先生女弟子。”我真是又得意又惶恐，得意的是“女弟子”三字听来多么有学问，惶恐的是自知鲁钝，难以得老师之真传。

瞿师于西北大学归来后，卜居于籀园图书馆附近，几乎翻遍了图书馆全部藏书，打下了历史文化的深厚基础，立定了他一生为人为学的方针。他谦虚地说自己很笨，认为“笨”这个字很有意义，头上顶着竹册，就是教人要用功，用功是人的根本，所以“笨”字从“竹”从“本”。

他说：“念诗词如唱歌曲，可以养性怡情。唐宋八大家几乎个个在政治上都受过许多打击，但没有一个怨气冲天，就是文学之功。这比方在幽美溪山中散步，哪里会对人动仇恨之念呢？你看有没有一个画家，画两个人在清光如水的月亮底下竖眉瞪眼地吵架的？”听得我们都大笑起来。

他又抬头望钱塘江汹涌的波涛，便讲起伍子胥、文种与勾践的故事，不免感慨地说：政治是最最现实、最最残酷的，多少有真知灼见的英雄豪杰，都做了政治斗争的牺牲品。所以读圣贤书，悟得安身立命的志节，也要有明哲保身的智慧。为正义固当万死不辞，但也不应做愚蠢的无谓牺牲。孔子说“君子不立于危墙之下”也就是这个意思。

瞿师在抗战八年中，眼看河山变色，沉痛地作过几首慷慨歌词，其一是为浙江抗敌后援会作的，其词云：

人无老幼，地无南北，今有我无敌。
越山苍茫兮钱塘呜咽。
我念我浙江兮，是复仇雪耻之国。

他又作了四首鼓舞士气的军歌，今录其二：

不战亦亡何不战，争此生死线。
全中华人戴头[1]前，

① 戴头：典出《唐书》段秀实“吾戴吾头来”故事，喻勇往直前。

全世界人刮目看，

战，战，战。

火海压头昂头进，一呼千夫奋。

左肩正义右自由，

挽前一步死无恨，

进，进，进。

他也目睹许多读书人，有的为了生活，不得不屈志事敌；有的却是利欲熏心，认贼作父。他曾作《瑞鹤仙》以“玉环飞燕”讽汪精卫的“辛苦回风舞”。见得他的心情之沉痛。他对于一个士子的出处进退，评定水平是非常严肃的。

自一九三七年至一九四二年，四所基督教联合大学（沪江、之江、东吴、圣约翰）借英租界慈淑大楼开课。虽然弦歌不绝，但总不免国破家亡、寄人篱下的感触。瞿师在讲授词选时，常提起王碧山咏物词的沉咽，乃是一分欲哭无泪的悲伤，比起可以号啕大哭尤为沉痛。他回忆杭州，怀念西湖与之江母校，曾有词云：“湖山信美，莫告诉梅花，人间何世。独鹤招来，共临清镜照憔悴。”他看去笑容满面，可是他内心是憔悴的，忧伤的。

据闻在大陆“文革”那一段天昏地暗的时日里，他就在自己大门前贴上“打倒夏承焘”几个大字，总算得免于难。他之所以运用超人智慧度过危厄，也就是他深体“君子不立于危墙之下”的深意吧！

瞿师的教诲既宽厚亦严格，真可说得是“夫子温而厉”。他勉励我们必须趁年轻记忆力强时多读书，多做笔记。指示读书笔记的原则是“小、少、了”。即：本子要“小”，一事一页，分门别类地记（有如今日的做卡片）。记的要“少”，即记的文字务求精简，不可长篇大论。最重要的是“了”，即必须完全领悟，而且有所批评与创见才是“了”。他说：“博闻强记并非漫无目的，须就自己兴趣，立定方向目标，不可像老学究似的，装了一肚皮的史事典故，却不能消化。那不是学问，连智识都不能算。”他认为博与约是相成的，由于某种专题研究，就向某方向求博。愈博则愈专，愈专亦愈博。比如作李杜研究，必须读《全唐诗》《全唐书》《宋诗》及唐宋名家诗文集。由研究探讨中，又产生新灵感新题目，如此则愈来愈博。这正如胡适之先生说的，“为学要如金字塔，要能博大要能高”。但如此的功夫毅力，实在是难以企及。

记得最牢的，是他有一句话：“案头书要少，心头书要多。”他说：“一般人贪多嚼不烂。满案头的书，却一本也未曾用心细读。如此读书，如何会有成就？”我到今天还是犯了此病。书架上、书桌上、床边，都堆满书，也都是心爱的书，却又何曾细读消化？如今是去日苦多，连“补读生平未读书”的心愿都不敢存了。

瞿师并不勉强我们死背书，他说，读书要懂得方法，要乐读——不要苦读，读到会心之处，书中人会伸手与你相握。也不要去羡慕旁人的“过目不忘”，或“一目十行”。天才不易多得，天才如不加努力，不及平凡人肯努力的有成就。他说自己连《十三经注》都会背，是因为当时读书无人指导，劝我们不必如此浪费时间。他把读书比作交友。一个人要有一二共患难的生死之交，也当有许多性情投契之友，以及泛泛之交。书要有几部精读的赖以安身立命的巨著，也要博览群籍以开拓胸襟。于是他又重复地解释那个“笨”字，认为用功的笨人反倒有成就，自恃才高者反误了一生。

有一位教文字学的任心叔老师，他对学生要求严格，上课时脸上无一丝笑容。他也是瞿师的得意弟子，常常“当仁不让于师”地与瞿师辩论，他认为瞿师对学生太宽容，懒惰学生就会被误了。瞿师微笑地说：“如卿言亦复佳。”他又正色说：“我讲的是做人的道理，你教的是为学的态度。”他非常钦佩心叔师治学之严谨，自谦不如他，曾作过两句诗：“事事输君到画花，墨团羞对玉槎枒。”因心叔师善画梅，瞿师则喜画荷。他赞美心叔的梅花是“玉槎枒”，自己的荷花是“墨团”。四年前，辗转得知心叔师已逝世。他教我们文字学与《论》《孟》，将圣贤的微言大义，与西方哲学、佛教思想予以融会，旁征博引，对我们启迪至多。他瘦骨嶙峋，言笑不苟。顽皮的学生，把一位老态龙钟的声韵学老师比作“枯藤老树昏鸦”，把心叔师比作“古道西风瘦马”，风趣的瞿师则是“小桥流水人家”。以心叔师不妥协、疾恶如仇的性格，真不知在大动乱期间，何以自处？他又焉能不死呢？

幽默轻松、平易近人、谦冲慈蔼，是瞿师授课的特色。因此旁系以及别校同学，都常来旁听他的课。他见到外文系同学，就请他们介绍西洋名著给他阅读，也启发他们以研究西方文学的分析技巧，来欣赏我国古典文学。他讲授《左传》《国策》《史记》笔法时，常说史家实在是以小说之笔写史传，其中有许多想象穿插，才能如此动人。他认为写传记除了要传“真”、传“神”之外，还要传“情”，才能打动人心。听得我们个个都眉飞色舞趣味无穷。他常引西洋小说，与《史记》《红楼梦》等做比较，可见他早已有东西文学比较的新观念了。他自叹早岁对新文学运动未太注意，故得赶紧补读，以期对古典文学有更深领会。他就是如此地学不厌、诲不倦。

他如此耐心教导我们，培养我们作诗填词的兴趣，是因为他自己有感于老师的启迪至多。他认为老师的一句赞美与鼓励，可以影响人的一生。说着，他就在黑板上写了两句词：“鹦鹉、鹦鹉，知否梦中言语？”问我们懂不懂，好不好，我们都说懂，而且非常好，因为它借唐宫词的“含情欲说宫中事，鹦鹉前头不敢言”的意思。他高兴地说：“对呀，把原句化开来活动，才见得活泼又含蓄。”问他是谁作的，他更高兴地说：“是我十几岁时作的第一阕《如梦令》，那时老师在我这两句边上密密地加了圈，连声夸我作得好，真使我感激万分，从那时起，我马上下定一生要研究词的决心。”

他又劝我们如将来当老师，不要对学生过分苛求。不要希望人人都是天才。聪明禀赋，人各不同。你在课堂里讲了几十分钟的话，难免有的学生在打瞌睡，有的在想心事，只要有某一二句话，进入某一二人心中，使他一生受用不尽，你就算对得起学生，对得起自己了。

他恳切的神情，令我们好感动。其实瞿师的每一句话，都深深进入我们每个同学心中，终生不忘。在上他的课时，没有一个同学打瞌睡，相信也没有一个同学在想心事的。

他不仅以诗词文章教，更以日常生活教，他教我们要设身处地，宽厚待人。有一回，我们同挤电车，司机态度恶劣，我非常生气。他劝我道："不要生气，替他想想他的工作多么辛苦单调！我们乘客只几分钟就下车，各有各的目的，有的会朋友、有的看电影、有的去上课，而他却必须一直站着开车，如此一想你就会原谅他了。"

大学四年，得恩师耳提面命的亲炙，获益无穷。毕业后留校任助教，与家乡音书阻绝，承恩师师母照拂尤多。瞿师对世界战局似有预感。记得有一天我们在先施公司购物遇暴雨，师生在茶室避雨闲谈。他想起杭州西湖雨中的荷花，回家后作了一首诗，后四句云："秋人意绪宜风雨，归梦湖天胜画图。一笑横流容并涉，安知明日我非鱼。"那时太平洋战争尚未爆发，而瞿师竟已有"陆沉"的谶语了。

不久珍珠港事变，日军占领租界，四大学联合校长明思德博士因兼上海工部局局长，被日军囚禁于集中营。四大学解散分别内迁。瞿师、师母与我都先后历尽险阻，回到故乡，一同在永嘉中学执教。瞿师教高二、高三，我教初三、高一。上课时，我常为瞿师捧着作文簿，放在他讲台上，再回自己课堂，学生们都拍手表示欢迎，我也有重温在大学任助教，为各位老师改作业的快乐。

瞿师后来的师母无闻女士是我好友，她是瞿师得意弟子。我们一同住在他谢池巷寓所。两人常上下古今地谈至深夜不瘵，那是我们最快乐的一段时光。无闻师母与其兄长天伍先生是乐清才子才女。天伍先生与瞿师交情至笃，经常诗词唱和，都满怀家国之忧。他常常深夜步月中庭，高声吟辛弃疾“吴钩看了，阑干拍遍”之句，看来他胸中自有难吐的块垒。他赠瞿师的诗，有一首承他写在我纪念册上，特录于后，以见他的才情与一股郁勃之气。

腾腾尘土闭门中，但说龙湫口不空。
怪底君心无物兢，只应吾道坐诗穷。
片云过海皆残照，新月当楼况好风。
莫负明朝试樱笋，一生怀抱几人同。

瞿师非常欣赏无闻性格豪爽，学殖深厚，在浙大时，他曾来信勉励我云：“无闻有强哉矫气度，汝事事依人，未肯独立，此不及无闻处。境遇身体不好，固可原谅耳。汝之不及无闻，犹我之不及心叔，望各自勉力学去。”他的谦冲和对弟子期勉之切，于此可见。

柔庄师母性格内向，且体弱多病。瞿师与她虽非爱情结合，却非常重视夫妻情谊。他早年曾有一阕《临江仙》记夫妻同时重病初愈的心情云：“未死相逢余一笑，不须梦语酸辛。

几生了得此生因。五车身后事，百辈眼前恩。”他离故乡去龙泉浙大任教后，有一次来信对师母昵称“好妻子”，她淡然一笑说：“不要肉麻了。”但那几天她显得特别快乐。

瞿师给我信中，曾提到要写一篇《婚姻道德论》，我因而想起大学将毕业时，他在黑板上写了两句赠我们大家的对子：“要修到神仙眷属，须做得柴米夫妻。”他说：“这就是爱情的道德责任。”在读了叔本华哲学后，他又来信说想写一篇《不婚论》，说西方哲人多不婚娶，可以专心学问。似乎他对婚姻的看法，有点矛盾。也似乎隐约中有一段深埋心底的爱情故事，做学生的自不便多问。有一次，他一口气朗吟了放翁的几首沈园诗，且反复地念“年来妄念消除尽，回向蒲龛一炷香”。我定定地望着他问：“先生对放翁身世有何感想？”他说：“放翁是一位了不起的诗人词人，我很喜爱他。”又吟道：“得失荣枯门外事，囊中一卷放翁诗。”对于放翁的爱情故事，他却略过不提。还记得他填过一阕《菩萨蛮》给我与一位同学看：“酒边记得相逢地，人间却没重逢事。辛苦说相思，年年笛一枝。”问他何所指，他笑而不答。想来他的一段相思债只有不了了之。

瞿师不善饮，而词中常出现“酒边”二字，如以上引的“酒边记得相逢地”，又如：“无穷门外事，有限酒边身。”“诗情不在酒边楼，洗荡川源爱独游。”都隐隐显示出一分深沉的寂寞。

柔庄师母逝世以后，瞿师一定过了一段独往独来的日子。但自一九七三年与无闻女士结婚后，才女学人的黄昏之恋，使他真正享受到美满的婚姻生活。客岁有一位前辈学人王季思教授，自香港赐寄一篇悼念瞿师的文章，也提到瞿师与无闻女士婚后非常幸福。并有赠夫人的《天仙子》词云：“人虽瘦，眉仍秀。玉镜冰心同耐久。”另有一阕《临江仙》云：“到处天风海雨，相逢鹤侣鸥群。茶烟能说意殷勤。五车身后事，百辈眼前恩。”最后二句竟然与几十年前赠柔庄师母的《临江仙》末二句完全相同。足见瞿师是一位非常重夫妻恩情的人。他们婚后，无闻师母不但照顾他起居饮食，更为他整理著述，使传世之作得以源源出版。对我国学术文化的贡献，她也是付出极大心力的。

六年前我在台北时，香港友人曾为寄来瞿师赠我的一阕《减字木兰花》：“因风寄语，舌底翻澜偏羡汝。往事如烟，湖水湖船四十年。吟筇南北，头白京门来卜宅。池草飞霞，梦路应同绕永嘉。”他怀念杭州西湖，也怀念永嘉谢池巷故居。（谢池巷因永嘉太守谢灵运诗“池塘生春草”之句而得名。）

瞿师是一位非常念旧怀乡的人。在王季思教授的文章中，引到瞿师在一九七八年曾有一首《减字木兰花》纪念塾师的。其词云:“峥嵘头角,犹记儿时初放学。池草飞霞,梦路还应绕永嘉。”末二句与赠我的词几乎完全相同。可见他思乡心情,与日俱增,因而在给同乡写的词中,不由得一再出现同样的句子。

他晚年因养疴客居北平,但心中一定系念故乡故土。回想他在沪上时,赠我诗中屡屡提到故乡。例如:“人世几番华屋感,秋山满眼谢家诗。”“我有客怀谁解得,水心祠下数山青。”

在沪上时,他曾作过一首古风:

去年慈淑楼,窗槛与云齐。
今年爱文路,井底类蛙栖。
下流诚难处,望远亦多悲。
谢池三间屋,令我梦庭闱。
亲旁一言笑,四座生春晖。
嗟哉远游子,念载能几归。

游子情怀,我至今念起来,仍不禁泫然。

两年前,梁实秋教授自港回台,《大成》月刊主编沈苇窗先生托他带瞿师的《天风阁诗集》转我。里页题有“希真女弟存览。瞿翁赠。”字体极似瞿师，但我认得出是无闻师母代笔。想见瞿师健康情形已远不如前了。

客岁承沈苇窗先生与旅居美国的寿德棻教授先后寄赠瞿师的《天风阁学词日记》，捧读后才知瞿师自十余岁即学为日记。七十年中，虽历经兵乱流离，日记未尝一日中断。这份坚持毅力，非常人所能及。日记原已积有六七十册，“十年浩劫”中，颇多散佚。这一集是由无闻师母协助整理，自一九二八年至一九三七年十年的日记。《自序》中说：“此十年正值作《唐宋词人年谱》及《白石道人歌曲》斛律诸篇，且多有读书、撰述、游览、诗词创作，友好过从，函札磋商等事迹。”此书不但于学术及词学上有莫大贡献，于细心拜读中，尤可以体认一代词宗超凡的思想，真挚的感情，与他一生为人治学的严谨态度。虽是日记，却是一部不朽的著作。

在拜读瞿师的日记与诗词时，我仿佛又回到大学时代，与同学们追随在恩师左右，恭聆他慈和亲切的教诲。他对弟子们的学业、心境、生活、健康，无不时时关怀。记得我离永嘉中学去青田高院工作后，曾一度患严重肠炎，他立刻来书殷切存问，信中说：“不久将与诸同乡买舟东下，如在青田小泊，拟上岸一视希真。望此笺到时，汝已康复如平时，当有病起新诗示我矣。古句云：维摩一室原多病，赖有天花作道场。化病室为道场，非聪明澈悟人不能。幸希真细参之。”

师生睽违的一段时日，他总频频赐书嘱我专心学业，勿为人间闲烦恼蚀其心血。他的片纸只字，我无不一一珍藏，时时捧读，有如亲聆教诲。他赐赠的诗词、格言、书札，虽于战乱流离中，总是随身携带。每到一处，必恭敬地捧出，将诗词悬诸壁间。每于愁怀难遣之时，便以瞿师微带感伤的乡音，低低吟诵，感念师恩，绝不敢妄自菲薄，心情亦渐渐开朗了。

自闻恩师逝世以后，我又一一细读他的每一封函札。深感他的谆谆诲谕，不仅对我个人，即对今日青年的进德修业，都有受用不尽的裨益。但因限于篇幅，只能就其中选录数节于后，以见一代学人，对弟子的关怀勉励。

书悉，得安心读书，至慰至慰。《庄子》卒业，可先读《老子》，篇幅不多，须能背诵。四子书仍须日日温习。自觉平生过目万卷，总以《论》《孟》为最味长也。《虞美人》词尚能清空，希再从沉著一路作去。年来悟得此事，断不能但从文字上着力。放翁云：“迩来书外有功夫。”愿与希真共勉之。体弱易感，时时习劳，乃无上妙药。月来欲以一日一汗自课，恨偷懒不能自践其言耳。

工作忙否？读书习字最好勿一日间断，汝与无闻前途皆无限量，切勿为世俗事烦恼分心，专力向学，十年以后，不怕无成就也，近有从贞翁学诗学字画梅否？此机会不可错过也。（贞翁是父执刘贞晦老伯，“文革”中被迫自缢而亡。）

近读奥尔珂德《小妇人》，念希真他日如能有此不朽之作，真吾党之光。以汝之性情身世，可以为此。幸时时体贴人情，观察物态，修养性格。对人要有佛家怜悯心肠，不得着一分憎恨。期以十年，必能有成，目前即着手作札记，随时随处体验，发挥女性温柔敦厚之美德。

比来耽阅小说，于迭更司《块肉余生》[①]一书，尤反复沉醉，哀乐不能自主。念汝平生多拂逆，苟

① 迭更司《块肉余生》：今译“狄更斯《大卫·科波菲尔》”。

不浪费精力，以其天分，亦可勉为此业。流光不居，幸勿为闲烦恼蚀其心血。如有英文原本，甚望重温数过，定能益汝神智，富汝心灵，不但文字之娱而已也。

放翁诗云："生死津头正要顽。"此顽字诀甚好。一生恐惧软弱心，便为造化小儿所侮弄，正宜书放翁语置座右。比来生活如何，公余读何书，一事一物皆当作学问看。外物俗念，不能动摇我心。此亦练顽之一道。大雨中燃灯书此，时甲申清明后一日。

后山诗："仰视一鸟过，愧负百年身。"涉世数十年，幸未为小人之归，兢兢以此自制其妄念，期与希真共勉之。

恩师读任何中西文学、哲学名著，及古文诗词，每有特别会心之处，必随时手抄数则分示弟子，期望于我的是，能以十年为期，完成一部长篇小说。与恩师别后四个十年已悠悠逝去。我竟然因循地只写些短简零篇，长篇迄未动笔。来日苦短，将不知何以慰恩师在天之灵。在重重忏恨中，我只能以短诗一首，向恩师祝告，亦未遑计工拙矣：

师恩似海无由报，
哭奠天涯路渺茫。
杖履追随成一梦，
封书难寄泪千行。

据闻恩师于病革之时，多次嘱无闻师母为低声吟唱他早岁所作的一阕《浪淘沙·过浙江七里泷》。此词是他少年时代的得意之作，曾多次为弟子们吟诵过，我们都耳熟能详：

万象挂空明，秋欲三更。短篷摇梦过江城。可惜层楼无铁笛，负我诗成。

杯酒劝长庚，高咏谁听。当头河汉任纵横。一雁不飞钟未动，只有滩声。

遥念恩师近年虽患脑神经衰退症，而智者的一颗灵心，必然澄明如天际皓月星辰。况他以毕生心血致力学问，以满怀仁爱，付与人间。以他的佛心佛性，必然往生西方。他临终时听师母为吟他自己少年时得意之作，正如摇着短梦，飘然归去，内心必然因不辜负此生，而感到万分欣慰吧！

借烟消愁愁更愁

——闲话“戒烟”

由于肺癌统计数字之日益上升，大部分重视自己和别人生命的中老年人，都已逐渐戒绝香烟。反而是青少年们，吸烟的更多。美国烟盒上虽印有“吸烟可能致癌”的警语，他们也视若无睹。因为飘飘欲仙是眼前的享乐，致癌而死是不可知之数。听说国内中小学生吸烟的竟然也愈来愈多，真不能不令人深以为忧，而大声疾呼“戒烟”。

因此，在报刊上时常读到有关戒烟的文章。有的语重心长地指出香烟为害之烈，有的轻松地娓娓道一己抽烟戒烟的有趣经历。有的幽默地视烟为良朋知友，它既曾伴你度过不少寂寞岁月，解除你的烦忧，即使与它告别，也不必视若仇敌。但每篇的宗旨，都在劝谕人们戒烟。

我与外子[①]都曾一度抽烟，幸未成瘾。我家乡话称这种抽烟为抽“爽烟”。“爽”者，轻松愉悦，不受控制，毫无压力之意。那时我们住在办公室大楼底层的一间小宿舍里，因屋子湫隘潮湿，朋友劝我们偶然抽支烟可以去除湿气。于是我们总在晚饭后，放下碗筷就各人点上一支烟，觉得一天的疲劳，或些许的不愉快，都如轻烟吹散。那一支“爽烟”给予我们的慰藉，无可名状。我们抽烟的牌子步步高升，却总保持“饭后一支烟”的习惯，平时也想不起来要抽烟，更不会在公共场合抽烟，可说是真正的抽烟“隐”君子。因无人知道我们抽烟也。

搬离那间小宿舍以后，“饭后一支烟”也自自然然地被遗忘了。如今烟瘾大的倒是那“而立”之年的儿子，每回看他摸出漂亮的打火机，啪嗒一下，点上一支，昂首吞吐的得意神情，我就忍不住问他：“你不能少抽一支吗？”他漫应道：“我已少抽一支啦，那支少抽的你没有看到呀。”我生气地问：“当着老母，你这样地抽，心里也不觉得过意不去吗？”他才把大半截烟熄灭了，还说：“本来也只能抽三分之一，这样才比

① 外子：旧时妻子对人称自己的丈夫为“外子”。

较卫生。”我叹口气说：“你丢弃半支烟就是安全了，你吐出来的那半支二手烟，可就孝敬了父母了。”他只是默然。为了劝他少抽烟，往往弄得不欢而散。

他成家以后，媳妇是不抽烟的，我心想妻子的劝说总比长辈的告诫有效。谁知婉顺的媳妇，不但未曾劝阻，反为他购置名牌打火机，艺术化的烟灰缸，摆在他左右手，由他撒开地抽。我每回到他们那儿，看见烟灰缸中的长长烟蒂就生气，她笑嘻嘻地说：“妈妈，劝没用的啦，劝他别抽，反倒两个人都不开心，我们上下班时间不同，他一个人待在家里寂寞时偶然抽一支，工作时他并不抽，比以前已少抽多了啦！”她如此护着他，我也落得眼不见为净。

我把报刊上所有戒烟的文章全剪了寄给他，最别出心裁的是每回都附一包口香糖，告诉他，想抽烟时就嚼口香糖。把三十岁的人，当作三岁的幼儿，老母的用心可谓良苦矣。他打电话来说：“妈妈，口香糖吃了，文章也看了，很好。”我说：“好什么呀？烟开始戒了没有？”他说：“已经更少抽了。嚼口香糖的时候就不抽烟啦！”他真是很“诚实”的。

外子有一位同学，下决心戒烟，买来一种五颜六色的糖，淡淡的香味。听说里根总统最喜欢吃这种糖，故幸运地被起名为“里根糖”。总统先生日理万机，思考国家大事时，口含一粒，想来可能比香烟更有助于他的政治灵感。在电视上，看里根唇红齿白，颊泛桃花，青鬓年少的风度，大概是不抽烟而含糖的功效吧。

我把这种糖告诉媳妇，劝她买来给他吃。她边听边笑说：“妈妈，您就不必操那样多心啦，他打工也好，当‘总统’也好，您不是说各人头顶一片天吗？”我只有哑口无言了。

倒是他们回家里来，儿子不再当着我跷起二郎腿抽烟了。可是吃完饭，就频频催媳妇快快洗完碗，快快回去，想来他“饭后一支烟”的瘾发了，也就不再强留。

在阳台上看他们上车，车门还没打开呢，儿子已经一烟在手了。目送车子远去，心头浮起一丝怅惘。又岂止是淡淡的“烟愁”而已呢？

提起“烟愁”，使我想起幼年时烟瘾比我父亲还大的小叔，他叫我从父亲那儿偷“加利克”香烟给他，他就表演吞烟和吐烟圈给我看。他吐烟圈真像变戏法一般，一个接一个，小烟圈从大烟圈里穿出去，看得人目瞪口呆，他说吐烟圈只能难得表演一次，太浪费烟了。烟一定要一口全部吞下去，经过五脏六腑，才慢慢儿从鼻孔喷出来。颜色是灰黄的，和青青的烟圈只从嘴里吐出来的不一样。幸得那时乡间地方广宽、空气清新，抽烟的人也少，不觉得什么污染。想想今天在稠密小区中，那一口口从五脏六腑吐出来的带灰黄色的“二手烟”，你再吸进去，就算没得肺癌，也够腻味的了。梁实秋先生在《二手烟》一文中说：“你吞云尽可由你，你吐雾连累人，却使不得。”可是瘾君子于吞吐之际，何曾想到别人？莫说不相干的别人，做丈夫的连妻子都顾不得呢。一位好友的妹妹，一生不抽烟，却得肺癌而死，原因就是被丈夫熏了一生。可见“二手烟”比“一手烟”更凶。

《联副》[①]上刊出很多“香烟警语”，例如：“吸一手烟是病从口入，吐二手烟是祸从口出”“生命掌握在你的两指之间”“生活在烟雾中，玩命在悬崖上”，都颇为精彩，当可收醍醐灌顶之功。我真恨不得再为添上四句，乃是当年那位抽烟的小叔自嘲的一首诗：“尝尽辛酸白尽头，吞云吐雾此生休。轻烟一命随风去，待见阎王细说愁。”他笑对我说：“这叫作‘绝句’，绝句者，绝命之句也。”在那时他就预知烟之为害，是可以送命的。因为他已不只抽香烟，而又染上了大烟。他一生好像有受不尽的委屈，吐不尽的牢骚。只为叔祖母子女太多，将他送给别人当义子。义父管教严厉，义母慈爱而早丧，义父再娶后又生了一子，他愈感被冷落，终日在外游荡。

① 指台湾《联合报》副刊。

却最喜欢我，讲典故给我听，念诗词给我听。在父亲书橱中随手抽出书来看，便过目不忘，父亲爱他聪明有才气，劝他用功上进，他就是不听，像是吊儿郎当地游戏人间。最记得他新婚时刚进洞房，就问新娘有没有带香烟。新娘含泪低头不语，他就从窗子里爬出去整夜不归，哭得新娘眼睛肿如葡萄。他后来还得意地念首"诗"给我听："无烟无酒一新娘，未语何因泪满裳。此夕月圆君记取，也应地久与天长。"我问他："这也是'绝句'啰！"他笑笑说："这不算'绝句'，因为是讨香烟的，香烟者，继承香火也，所以不是'绝句'。"他就是这般地玩世不恭。后来生了个儿子，他常常让儿子骑在肩头，背着到处闲荡，把儿子左耳上拴命的金圈圈都拿去买大烟抽了，却抱着儿子边哭边笑地说："儿子呀，你可别学你爸爸这样没出息，给你妈争口气吧。"听得我都掉下泪来。

他就是因为童年时未能充分享受父母之爱，心理不正常，成了今日所谓的"问题少年"。但他心里明明很悔恨，我父亲去世时，他跪倒灵前，泪如雨下，马上作了一首挽联："涕泪负恩多，忆十年诲谕谆谆，总为当时爱弟切。人天悲路渺，对四壁图书浩浩，方知今日哭兄迟。"情词之真切悲痛，我至今默念，犹不禁泫然欲泣。

记得母亲那时常常捂着胃说"心气痛"，小叔就递支烟给她说："大嫂，抽几口烟就会好，这不是心气痛，是消化不好。"母亲就不声不响接过去眯着眼抽起来，居然不像我学吐烟圈时，抽了就呛。我奇怪地问："妈妈，你会抽烟的呀！"她似笑非笑地说："你爸爸以前也给我抽几口的，他说心气痛抽了会好。我坐在他边上，闻那种雪茄烟的味道才香呢！"说着说着，她忽然把烟使劲在灶头一按，说："不抽了，烟熏得我眼泪都要流出来了。"小叔悄声对我说："你妈妈的眼泪，哪里是香烟熏出来的呢？"我当时还真懵懵然呢。

他对我讲李清照"薄雾浓云愁永昼"那句词说："这固然指的是屋外的阴沉天色，屋里的缭绕炉烟，却愁得她比黄花都瘦了。李清照若生在今天，一定也会抽上香烟的。"我说："那是借烟消愁愁更愁啊！"

这都是陈年的事了，写着写着，就不由得一幕幕情景都浮上心头。

说起李清照的这阕词，其实，谁都偶有"薄雾浓云愁永昼"的时候。香烟是否能解愁，还是更添愁，是很难说的。依我过去抽"爽烟"的经验，倒是在心情十分愉快时，才会想起烟来。记得在上海念大学时，与一位最知己同学，总在每回考试完毕后，轻松地买一包烟、一瓶葡萄酒，在宿舍斗室中浅斟高谈。我抽烟，她吸我的二手烟，我当时连抱歉的观念都没有，只觉得一吐一吸，彼此“息息相关”的快慰。烟抽了两三根，剩下的就丢在抽屉里发霉了，也从没想到以烟解愁过。在台湾住湫隘宿舍那段时日，前文已说过，那是神仙般的“饭后一支烟”。既无瘾，也不必戒。来美后有一次与好友又宁说起在大学时与同学喝酒抽烟谈心的往事，细心又风趣的她，每次在我们相约见面时，都不忘带一瓶淡淡的白葡萄酒、一包温和的香烟。在她圣约翰大学校区咖啡室里，或纽约一处气氛静谧的餐厅里，我们边饮边谈边抽烟。烟抽不了几根，倒是每次都把一瓶葡萄酒喝光，浅醉微醺中，觉指间一缕青烟，益增清趣无限！

写至此，倒是像在劝人抽烟了。其实我的意思是，烟既不能解愁，就千万不要在愁时抽，抽“闷烟”与喝“闷酒”一样，有伤身体。更何况忧能伤人，其为害恐不亚于香烟呢。

想起来儒的养生之道是“常快乐便是功夫”。有一个病人请教阳明先生:“格病功夫如何着手？”他的回答就是这句话。喝闷酒抽闷烟是一种病，上了瘾更是病。何不先把心情调整得快乐一点，在“烟”逢知己的情况下偶然抽一两支“爽烟”，也不致构成给对方吸二手烟的伤害。爽烟随时随手可以丢开，既不致有戒烟之苦，也不会感到“借烟消愁愁更愁”了。

但愿虔修来世闲

中秋节前二日，与几位好友驱车往纽约近郊的庄严寺膜拜，听沈家桢博士讲佛法。一路上秋阳温煦，红叶满山，好风光令人心神怡悦。车子渐入深山后，竟见耀眼雪光，扑面而来。山头、树梢与新辟的道路，都是一片白皑皑，才想起电台曾报告头一天此处正下过一场六寸厚的大雪。

遥想宝岛台湾，此时正是一年好景的小阳春季节，而在美国东部，我们却在红如二月花的霜叶上，捕捉到了冬天的第一朵雪花，如不是寻幽觅胜，深山礼佛，焉得有此奇缘?

庄严寺是沈家桢博士独资购买的一大片土地，由虔诚的佛教信徒捐献，协力建造的寺院。现在已完成的是观音殿和斋堂，正殿尚在筹建中。

我们于顶礼膜拜后，踏雪参观全景。最引我注目的是右边那一排三层楼的小小“公寓”。那不是生者的公寓，而是安置骨灰的人生最后安息之处。每一格前面的青石碑上，都刻有一朵莲花。莲花上首，有的已镌有逝者的生卒年份，有的只有生年，这是生者的未雨绸缪。有的则尚是空白，乃是吉屋待售，可以及早订座。在喧嚣的都市之外，能于如此静谧之处，获得永久的憩息，实在是无上福分，埋骨又何必定是桑梓地呢？但我对于公寓最后一瞥中，心中默默低吟：“青山本是伤心地，白骨曾为上冢人。”又不免人生奄忽之感。死生契阔，究难勘破。爱憎贪痴，谁能看得云淡风轻呢？想来只有卧进这座小小公寓，听风听雨，赏雪赏花，才是真正超越于尘寰之外吧！

十二时半于斋堂共进素餐。一位朋友在接过两片香喷喷的面筋时，戏言：“很像鲍鱼啊！”招待的女士笑道：“千万不要想到荤腥，我们要口净心也净。”她说得很对。一般人没有素食的习惯，吃素菜时满心想的是鸡鸭鱼肉，有心人乃不得不做出素鸡素鸭素蹄髈以满足他们吃荤腥的欲望，实在是很大的讽刺。孔子责备“始作俑者，其无后乎”，就因为他的“象人而用之”，仍未免于残杀之心。但我们退一步想，佛家慈悲之义，是圆通广大的。劝世人惜生戒杀，无妨逐步地来，先以豆腐类象形地替代鸡鸭，以菠菜替代“红嘴绿鹦哥”，也未始不是一份慈悲之念。正如作俑者也是为了免于人与马被活埋的悲惨。古人有诗云：“自制藕丝衫子薄，为怜辛苦赦春蚕。”设想以藕丝代替蚕丝，岂非一片戒杀苦心呢？

这一天是庄严寺特别安排邀请华美协进社全体妇女俱乐部会员参观，所以午餐后请沈博士以英文演讲佛法半小时。

他讲的主题是一个“身”字。他说佛法的“开示”是形而上的哲理，非短短数十分钟所能讲解，故只能解释形而下的“身体”。人的身体、四肢、五官、内脏统统都只是工具。主宰这些工具的是意识与灵性。工具是会毁坏的、变化的、消灭的。而觉知性、灵性不灭。他以水为喻，水可以成霜、雪、冰、雾，但水永远是二氢与一氧的组合。人因身体对外物如色、声、香、味、触的蕴而生“攀缘心”，乃执着于爱、憎、贪、痴之念。如能摆脱“我见”，就是修行之始了。

佛教哲学无边界，是哲学的，也是文学的。要体会其中妙理，如人饮水，冷暖自知。真是“不可说、不可说”。讲到所谓“因果关系”，他说只要注意因，而少注意果，因为种下任何的因，必得任何的果，果是无可避免的，这是常理。

我觉得他这样浅易的讲解并不难懂，但真要把这个“身”视为工具，置之度外，那就得修行了。佛陀的僧徒们由“身是菩提树，心如明镜台”，再深一层悟到“菩提本非树，明镜亦非台”，岂是一般学僧所能？佛陀之特别赞赏六祖慧能，也许就因他能进一步勘破吧！孔子晓谕世人“毋意、毋必、毋固、毋我”，也深知“我见”之不易破除。老子说：“人之大患，在我有身。”也感慨于“身”是“道”的障碍。古往今来多少豪杰志士杀身成仁，实在都已是得道者了。我这些粗浅的想法，因时间有限，都无法向沈先生请教。

动身离去时，雪已融化，照眼秋光，分外清澈。我再向佛前膜拜时，心头不禁兴起一丝感慨：我们这一群人，好不容易聚在一起，来到这一片清静地，只数小时又得匆匆回去，再投入忙忙碌碌、纷纷扰扰的十丈软红中，谁能把“身”与“觉知性”分开？谁又能免于心为形役呢？想起与佛最有缘的东坡，尽管说“长恨此身非我有”，却仍叹“何时忘却营营”！可见“忘我”是谈何容易？

我注视着殿前一座大香炉上刻的“庄严寺”三个大字。佛家语“庄严”是一种洁净的美，无论是内心的美、外相的美，都可称为“庄严”。我想“庄严”也是世间一切美好事物之呈显。比如我们能来庄严寺听佛理、吃素斋，观赏红叶上的雪花，也未始不是一份庄严的美呢！

但是，人世是忙碌的，生活是平凡的，我们充分享受着物质生活的便利，却缺乏从容不迫的沉思默想。更无论对天地万物存一份感谢心了。不说别的，就说这次不用自己奔波赶来，舒舒服服地坐着朋友开的暖气车，来领略如此的良辰美景，岂非好友的周全安排呢？如能每事常怀感谢心，也就感到幸福而知道惜福了。

思至此，又记起先师的两句词来："不愁尽折平生福，但愿虔修来世闲。"平生之福，岂可享尽，若真有来生的话，但愿修到来生能有一颗玲珑的心，悟得怎样才是真正的"闲"，因而从容不迫地领受世间一切庄严的美。

捡来岁月

据说印度人的信仰认为，人一出世，他一生的心跳次数、呼吸次数，都已经注定了。若真是如此的话，那么想延长寿命，就只有延长呼吸的时间，使心跳脉搏都放慢。慢慢地吸气、慢慢地吐气，把每一次的呼吸，由几秒钟延长到十几秒钟，寿命的总和就增加数倍了。

我有一位老乡，对养气颇有功夫，他无论行坐动静，谈天饮食，都很自然地使呼吸放慢到每半分钟一次。看他瘦骨嶙峋，却是精力充沛、目光炯炯有神。与人相处，从不争长论短。平居闲适，喜欢作些打油诗遣兴。他自嘲是“熬油诗”，因为他说肚子里没有文采，却像一片板油，得慢慢儿把油熬出来。在台时，他常寄诗给我欣赏，读来并无油腻味，倒有一股粗茶淡饭的清香味。这也许就得力于他的慢呼吸功夫吧！

其实练功是一回事，养心养气是另一回事。若是性急如火，多忧多虑，一颗心安不下来，呼吸自然也慢不下来了。我自己就常常有此体认，深知要放慢呼吸，从容不迫，并不是件容易的事，但只求勉力为之。

相传曹操也想祈求长生，他去访陇西深山中一位号“青牛道士”的高人，请教养生之诀。青牛道士的回答是：“体须常劳，食须常少，减思虑，捐喜怒，除驱逐……”单是“减思虑、除驱逐”六个字，这位想统一天下、雄心勃勃的曹操，就自叹办不到。所以会有“譬如朝露，去日苦多”“忧从中来，不可断绝”之叹。

其实青牛道士的话，听来原是很平易的，实行起来，却是太难。曹操做不到，常人又能有几个做得到呢？

生在这个匆忙的现代，好像每个人都在跟时间赛跑，而总是输给了时间。叹息着“一天又完了，好多事都来不及做”。其实即使一天有四十八小时，也还是来不及做。我每天一早醒来，总是想着今天又有多少事要做，生怕来不及，心理负担就不由得加重。却何不想想昨天已做完了几件，前天已做完了几件，而引以为慰。外子常笑我：“读的一些诗书都沉到水缸底去了。即使沉到水缸底，化为污泥，应当开出朵朵莲花来呀！”这是他有修养人的风凉话，我自叹弗如。

最近，我倒忽然逍遥起来了，只因今年是闰年，“国历”和农历的新年相距有整整两个月。在这一段“时差”中，一片“快乐圣诞”“快乐新年”的道贺声中，我就优哉游哉地放慢了节拍，等待着那个属于童年的、亲切温馨的农历年。好像这两个月是多出来的，白白捡来的。我的生命也好像延长了两个月，可以慢慢享受。

吴稚晖先生幽默地说自己的一生是“偷来人生”，其实这位大儒、大学问家，才是真正把握分秒时刻，阐扬了生命意义与光辉的。我这个庸人，却要在“时差”夹缝中偷懒，不是急急忙忙，就是晃晃悠悠。待农历新年一过，“国历”已是二月中旬，我又该着急一年已去掉六分之一了。

我常在大除夕时感叹：“一岁所余只此夕，明朝又是百年身。”虽叹息一年已过，总觉还有明天、明年，其实谁也不知道自己能有几个明天，几个明年。

如此一想，还是放慢节拍的好。想想一把琴的琴弦如果不拉紧至恰到好处，就奏不出美好的音乐来。但拉得太紧了，就会绷断。我根本不是个能奏得出美妙音乐的人，倒不如勉力把心弦放松，在注定了的呼吸次数与心跳次数中，把节拍放慢，时间延长，虽不能享受“捡来人生”，却无妨把所有余年，视作是“捡来岁月”吧！

读禅话偶感

星云法师禅话《出去》短文中记黄龙惠南禅师命学僧从左边走过来，学僧正要走时，禅师就斥他“随声逐色”，要他出去。他又命另一学僧从右边走过来，学僧站在原处不动，禅师又斥他不听话，要他出去。

真个是左不是来右不是。所谓的“禅”，大概就是要你在“无一是处”中去参。参透了就算顿悟，参不透的就一生苦恼，哪来的缘分能见性成佛呢？

像我这样无慧根之辈，这一生就是注定苦恼，悟不了禅理。读这篇短文，所以也只有“感”而无“悟”。

感的是想起幼年之时，每顿吃饭都坐在父亲旁边。父亲身旁坐的是二妈，总在另一边用一双令人不寒而栗的眼睛向我扫来。我不敢看她，只顾低头扒饭。有一次不知怎么竟大胆地伸筷子夹了正前面碗里的一块红烧肉。二妈马上厉声说："摆在你前面的，就是给你吃的吗？"我气愤地把肉丢在桌面上，最后只好老远地去夹青菜。二妈又大声说："难道每一样菜你都要吃到吗？"

我陡地放下筷子，抽抽咽咽哭回屋里，却见母亲坐在妆台前抹眼泪。我忽然不哭了，拉着母亲的手说："二妈总是左不是、右不是。妈妈，我们一同到庵堂做尼姑去吧！"于是母女抱头痛哭。

这段情况，至今已六十多年，却总是刻骨铭心，时时想起。现在想想，我那位二妈，也仿佛是开示我的禅师，她左不是右不是地打着哑谜，无非要我悟一个道理，那就是"饿"字。可怜我小小年纪，哪里懂得？只气愤地要与母亲一同去出家。难道已体认到尘世凡俗，原是苦海无边吗？

读大学时的夏承焘恩师，有时在课余也讲点禅的故事给我们听。他别号"瞿禅"，我们在听他讲禅故事时就称他"禅师"。他虽认为禅"不可说、不可说"，但仍常常深入浅出地与我们说禅理，要我们在日常生活中去体认，自自然然，不必强求，不必强解。

他看我时常愁苦地紧锁眉头，就作了一首诗赠我："莫学深颦与浅颦，风光一日一回新。禅机拈出凭君会，未有花时已是春。”好一个“未有花时已是春”，若能悟得此中妙理，便可化烦恼为菩提了。

另一位同学毕业后因婚姻不如意，常回来泪眼滂沱地向瞿师倾诉，他就赠她《杨柳枝词》一阕云：“垂垂雨雪一春愁，历历楼台阅劫休。拼向高空舞浓絮，春风哀怨莫回头。”

这也就是“白首忘机”的苏东坡所说的“归去，也无风雨也无晴”的境界吧。

话是这么说，能忘机谈何容易，东坡若真个忘机，就不会有“十年生死两茫茫”的悲叹。对朝云、琴操二人，也不致依依难舍。他只有对美丽的李琪，才是“海棠虽好不题诗”，算是“不着一字，尽得风流”。

“禅”虽是“不立文字，直指人心”，但这颗心必须是多愁善感之心，才能从愁感中去领悟。佛的大慈大悲之心，就是最最善感的灵心，才能以自身之苦，推悯众生之苦，而发下“我不入地狱，谁入地狱”，超度众生的宏愿。

对众生都怀无边情怀，何况对人呢？

我现在写这篇小文时，回想当时战战兢兢坐在父亲身边，二妈一对眼睛盯着我吃饭的情景，心中不再有悲，更不再有恨，而是对逝世多年的二妈的无限怜悯。她一生不曾与人以快乐，她自身又何尝一日有快乐，我与她相处数十年，无论是苦是乐，照佛家说，也总是一段因缘。而无论是缘深缘浅，缘起缘灭，都成过去。真个如僧庐听雨，“悲欢离合总无情，一任阶前点滴到天明”啊！

“鬼抽筋”

我总是怀着满腔的感谢，细读《久病成良医》专栏的每篇文章。我感谢主编会想到开这样一个园地，为社会大众服务。也感谢每一位作者，都是知无不言、言无不尽地写出个人罹患疾病的情形与治疗经过，以供广大读者参考。文章虽都属报道性的，却篇篇洋溢着无限的恳挚，和一派历尽苦难后的幽默。真有佛家“息心和悦，众病乃瘥”，与“以一身所受之苦，推悯大众之苦”的菩萨心。实在是功德无量也。

我近年来忽得一种“怪病”，就是两脚容易抽筋。此病也像牙痛，说起来不是病，抽起来没有命。而且说时迟，那时快，无缘无故地，要来就来，丝毫无法预防。大概是走路太多，过分疲劳，或不小心脚板没踩平，抽筋就来了。抽得你眼冒金星，天昏地黑，脚勾起来不是，伸直又不是，愈抽心情愈紧张，愈紧张愈抽，如此持续至十几分钟甚至二十多分钟，真个是欲哭无泪。那时，我就会想起苦命的李后主，吃了牵机药后痛苦地挣扎，觉得人生实在是绝望到极点。每回抽筋以后，总是双脚举步乏力，而且战战兢兢地生怕再抽。

最糟的是一次参加酒会时，正端着杯子“雍容华贵”地走来走去呢，忽然来个大抽筋，真恨不得把酒杯都扔掉。在人海中四顾茫茫，你能请哪位绅士来扶你一把吗？丈夫在远远的另一边，正在和人谈笑风生呢！你能高声大喊吗？在这样的狼狈情形之下，还不得不咬紧牙根，保持仪态，拐到某一个角落里去以“内功运气”，好容易才能渡过难关。有了这种尴尬的经验之后，我就尽量地不再“盛装赴宴”了。

又有一次，我正钻进一辆出租车，不知怎的一个别扭，又大抽起筋来，连跟司机说地址都说不清楚了，好心的司机回头看看我问：“Are you all right？”我点点头，勉强说了声“脚受伤了”。不然他还以为我发羊痫风呢。

前年旅游意大利，爬上一座教堂的最高点，正在得意地“登泰山而小天下”之际，忽然抽筋降临，立刻感到自己既渺小又可怜。幸好丈夫在旁，扶着我一瘸一拐地坐到石凳上使力敲打一阵，才算把我摆平了。他生气地说：“像你这种有怪病的人，我看只有乖乖在家待着啦。”

我听了好伤心，他又不是不知道，我乖乖儿在家待着，抽筋也是说来就来呀！而且一个人更是叫天天不应呢！他下班回来，我若告诉他今天我又抽筋了，他一定云淡风轻地回：“第几级呀？”原来他将我的抽筋，依情态轻重、时间长短，像地震似的，划分为若干等级。我们归纳出来，轻微的是由于走路不小心，中级的是由于过度疲劳、休息不够，严重的是由于情绪紧张、心理影响生理。可是我抽筋如遇到他在家时，他也只是露着一脸爱莫能助的神情说：“不要急嘛，放松一点，自然就好啦！”我真是内心“艰苦莫能栽（艰苦无人知）”。感慨再亲的人，也无法为你分担疾病的痛苦。请他为我拿个我日常用的皮球锤子来，等他慢条斯理地找到时，抽筋已近尾声，他就说：“可不自然就好了吗？”急惊风碰上了慢郎中，有什么好说呢？

舍妹曾教我一个方法，在抽筋时，用大拇指使力压小腿肚的腱子尖端，可以见效。可是那时连腰也弯不下去，哪有力气使得到大拇指上呢？因而想到许多比我更高龄的老人，一个人住在公寓里，没有疾病相扶持的伴儿，一旦中风或心脏病发，连拨个电话的力气都没有，岂不就此“寿终正寝”吗？想想，人是多么脆弱，健康是最宝贵也最难挽留的。因此，一个人在生龙活虎、健步如飞之时，真要多多爱惜自己，更要多多体恤到老病无援之人。我想孟浩然当年所感到悲哀的，倒不是“不才明主弃”而是“多病故人疏”吧？

想起我家乡有一句骂人的话，叫作“鬼抽筋”，意思是说这个人终日地玩儿不当正经，而且坐没坐相，站没站相，脑子里念头又转得特别地快，人也像一阵风似的，来去无影踪。用“鬼抽筋”形容这样的人，确实再妙不过。其实谁也没见到过鬼，鬼抽起筋来是个什么样儿，更没人见过。我母亲生平口中不说重话，但她真正生起气来，对看得实在不顺眼之人，也会轻轻咕哝一声“真是鬼抽筋”，我就在旁边直笑。

我想不管是鬼是人，抽起筋来，那副样子都不会好看。因此我现在一抽起筋来，就会对他大喊：“我鬼抽筋啰，鬼抽筋啰。”他说：“天不怕，地不怕，就怕你大喊‘鬼抽筋’。”

我知道他这种心理。所以每回感到累或借故偷懒时，就喊：“我要鬼抽筋啰！”他就会一跃而起，以他“最快的动作”为我分劳。可是他端一下锅子烫了手，又得忙着为他找密苏里达；削水果割破手指又得为他找消炎膏，倒害得我真的要“鬼抽筋”呢！

公路凶手

千万别以为我在讲一则惊心动魄的凶杀案（我平时最不赞成的就是报纸社会新闻对暴力事件的渲染，尤其是某些颇具知名度的作家，以“杀”做题材，大写其所谓的“心理小说”“社会写实小说”，以发挥其西洋现代技法）。我要讲的是一位令人非常敬佩的人物，和他所著的一本书:《公路凶手》（*Highway Killers*）。

今天整理书柜时，又捧出这本书来。翻阅着扉页上作者亲笔签名，写着 Thank you for your faith and interest。他的名字是罗赛尔·艾·伯德（Kussell A.Byrd）。底页印有他着制服的照片。气宇轩昂，胸前佩着连排数不清的奖章。此时，我脑子里立刻浮现起他那和蔼恺悌的神情，真想马上提笔写封信，问候他的近况呢。

和这位萍水相逢的朋友，仅有一面之缘，匆匆而别，屈指已经六个年头了。那次我们去洛杉矶游好莱坞环球影城，回程时跨上一辆公路班车，抬头看驾驶座上坐的是一位白发皤然的高龄司机，外子犹疑了一下，站在边上穿着和他同样制服，正在和他谈天的年轻司机说："快请上来吧，你们运气很好，能坐到罗赛尔叔叔开的车。"

我们有点茫然地挨着驾驶座边的位置坐下。却看见座位边堆着一叠硬面书，书名是*Highway Killers*。作者的名字就是罗赛尔。又看那位年轻司机，摸出五元递给他，拿了一本书下车去了。

我心里想，他原来是位作家司机，还随车推销自己的著作呢，不免充满好奇地问他可不可以看一下他的书，他高兴地递给我一本说："这可不是侦探小说哟，如果你开车的话，就会有兴趣的。"我告诉他："我不会开车，可是我很幸运，有一位小心谨慎的义务司机，我的丈夫。"他大笑说："好极了。"他又递了一本给外子，我们翻阅了一下，就决心向他买一本，定价是七元，我拿出十元请他找，并请他签名留念。我告诉他："我也写文章，出版过几本书，但和你的书性质不同，你可能不会有兴趣。"他连声说："有兴趣，小说、诗，我都有兴趣，尤其是我太太。如有英文翻译，可以寄一份复印件给我吗？”他随即摸出一张名片，指着上面的永久通信处说：“寄这里，我一定可以收到。”我仔细一看，他竟是“美国驾驶人防止车祸协会”的主席（President of the National Drivers Association for the Prevention of Traffic Accidents lnc.）。名片背面也有他穿制服的照片，和他本人一样，体魄壮健，神情愉悦。他找了我五元，说是表示对写作同行的优待。

外子与我也各摸出一张名片给他，上面有我们台北的地址与电话，欢迎他到台湾观光，他呵呵大笑说：“如果不是隔着太平洋，我真愿带着太太直接开车去呢。”他真是位热衷工作的老青年。

车开以后，我不能和他讲话，就翻开书来慢慢地看前面写的介绍。这位美国最资深的司机，从十八岁领到开车执照到现在，开了将近六十年的车，积有四百七十五万里程的经验，从未出过任何一次大小车祸。他突出优异的成绩，赢得社会各界人士的敬仰。几年前，加州贝克司非尔市政科（Bakersfield Chamber of Commerce）曾颁给他一个奖牌。尊他为“美国公路的总指挥”（Admiral of the American Highways）关于行车安全，他一共写了三本书。《公路凶手》之外，其他的两本是《罗赛尔的公交车》（*Russell's Bus*）与《安全驾驶》

（*Driving to Live*）。卡特总统也曾郑重地召见他，予以嘉奖。

本书共四十四章，二百四十四页。附有二百四十三张示范图片。根据他精密的研究分析，认为车祸的发生，一半是由于路面建筑的缺失，一半是由于车辆与驾驶人的各种因素。他说，这一切都是可以改进与预防的。他语重心长的结论是：“但愿世人能共同努力，将这些人为的因素减到最小限度。使人人可以乐享天年。”他幽默地说：“这绝不像癌症或核战争那么恐怖，上帝并没有要我们早早归天。”非常感人的是在第一页上，他写着两段短短的文字：

> 愿以此书，献给我最可爱的妻子，感谢她陪在我身边，驶往许多遥远的地方，使我在旅程中得到无限温暖。
>
> 也献给我那些一路上的伙伴，感谢他们在我冗长的旅程中讲一个又一个的动人故事给我听，使我继续驾驶而不感疲劳。

车进城里，旅客们都陆续在靠近他们自己的住处或旅邸拉铃下车。最后凑巧地就只剩我们二人，他说：“我就索性送你们到旅馆门口，省得你们再走几个街口好了。”他这样送佛送到西天的爽快热诚，真令我们感激。到旅馆下车后，我们请他进来喝杯咖啡，又和他在汽车旁边拍了张照。和我们道别时，他大声地说："别忘了寄照片给我哟！还有，我太太和我还等着看你寄来的翻译文章呢。"

回国以后不久，我就找出两篇翻译的文章，和照片一同寄给他。我总愿让外国朋友对我们中国人的印象，是重诺言，重情谊的。何况对他这么一位值得人敬仰的老年人呢。

一个多月后，收到他非常亲切的回信，说他太太认为这是他近年来拍得最年少翩翩的一张照片。也许是难得和中国朋友一同拍照，心情特别愉快之故。他告诉我即将搬家，但信寄到办公地址定可收到。后来因事忙，我一直没有再给他去信，抱歉的是连圣诞节都忘了给他夫妇寄张贺卡。

可是现在我又想起他来，一定要写封信去向他问好，六年后的今天，他该真正从高速公路上退休下来了。但他开着自己的车，带着亲爱的太太到处遨游，在他的开车纪录上，又不知增加多少里程了。

“有我”与“无我”

思果先生的一篇短文《我》，引古今中外许多名家、名作为例，阐明写“我”、说“我”，与不写“我”、不说“我”的分别意义，非常有趣。他开头就说：“言必称我，是做人的大忌。”可是无论说话、写文章，要避免这个“我”字极难。在中学时练习作文，卷子发下来，一看，老师把许多的“我”字都删去了。数一数，一篇仅仅二三百字的“大作”，竟然有二三十个“我”字。再照删去的仔细念一遍，确实觉得那些个“我”字都是可以省略的。老师说：“文言文里主词‘我’字常被省略，一看上下文便知道了。这是文言文简略的好处。语体文接近说话，不由得就一句一个‘我’地‘我’起来了。写罢以后，总得再仔细读几遍，尽量删去‘我’字，以求至于无我之境。”

英文文法不能没有主词，写到“我”，那个“I”还得大写，它是二十六个字母里唯一用大写单独代表一个字义的，大概是“唯我独尊”之意吧。因此想到语体文里不时出现“我”，也许是受英文的影响吧。

其实提提我，也没什么不好，正如思果在文中最后说的“大家谈谈自己也无妨”。《论语》中，孔子固劝人“毋意毋必毋固毋我”，但他是非常重视自我完成的。他说：“君子疾没世而名不称焉”，认为一个人一生应当有所成就，实至名归地被人称道（此句也有将“称”念去声，解作最忌名实不相称之意）。我家乡有句俗话：“做牛有条绳，做人有个名。”为人子女者，以令名荣宗耀祖，是我国的传统美德，是孝行之一种，也是为人立身处世的目标，努力把“我”的精神地位提高了。

老子是主张无为的，他说：“人之大患在我有身。”看不破自我，就是祸患之源。他是劝世人戒忌私心、贪心。老子洞烛机先，预料社会环境将愈来愈复杂，人际的冲突，都是由于“我”而起。这是不幸而言中了。

但“我”的意义，可提升到最高境界，扩充到无边无际。像佛家的“我不入地狱，谁入地狱”，基督的“爱人如己”，儒家的“尽己之谓忠，推己及人之谓恕”，都是先肯定了“我”

的价值，由“我”出发而亲亲而仁民而爱物、爱世界全人类。大而至于志士仁人的杀身成仁，舍生取义，也都是发挥了“我”的精神至最高境界。当然，这绝不是常人所可企及的。

至于从事文学写作的人，“我”的体认，亦极重要。小说的技法有所谓“第一人称”与“第三人称”之分，无论哪一种方式，都先得由作者把我投入事物之中，做深刻观照。必须先入乎其中，而后出乎其外，有我入而无我出。书中的我，可能是他，书中的他，可能是我，无论怎样的虚虚实实，都是作者这个“我”在安排、在描绘，否则就写不出荡气回肠的感人文章。

法国的福楼拜写《包法利夫人》，丝丝入扣地刻画剖析主角的心态，用的是纯客观之笔，但他写到包法利服毒时，自己也像中了毒似的，最后他叹息道：“包法利夫人就是我。”可见一个作家体认时心灵的投入。所谓的“我思我感”，没有我，何来思与感呢？

思果提到的传记文学，引英国纪恩威尔写的《约翰森博士》为例，说他一言一行都忠实记下，他并说《世说新语》一书，写的都是“他们”。这真是写传记与报道文学最好的范本。孔子说“述而不作”，大概“述”就是客观的，“作”是主观的，前者无我，后者有我。司马迁写《史记》是以他人酒杯，浇自己胸中块垒，但他“网罗天下放失旧闻，考其遗事，稽其兴坏成败之纪”的功夫就是纯客观的，不能掺杂“我”的感情在内。《史记》读来令人荡气回肠，远胜《汉书》，就是因为太史公是以全部心魂投入其中写的。此《史记》这部传记文学之所以伟大之处。今日大众传播发达，年轻一代，写报道文学的，人才辈出，我独欣赏夏祖丽的《人间的感情》，与桂文亚的《两代情》。他们在访问之前，对要访问的对象先有一个了解，读他们的作品，明了他们的生活习惯，体会他们的思与感。在访问时，尽量由对方叙述，自己只静静地谛听，一边“察言观色”，客观地观照，主观地感受。及至下笔之时，却把自己远远躲开，这样写出的访问记，才会传真、传神，也传情——那是不掺杂自己悲喜好恶的情。文亚与祖丽都做到了。真为年轻一代的才华横溢与她们的成就感到喜慰呢！

就我个人来说，我就只会写自己：自己的童年与故乡、自己的亲人师友、自己的悲欢离合，自己在这动荡的大时代里如何挣扎奋勉。尽管在写自己，却仍觉得在写和我同时成长、同时受苦受难、同时努力奋斗的所有的朋友。因此我也就没有放弃这支写自己的笔。

生与死

有时清晨在附近静静的人行道上散步，总看见街角站着一位老先生或老太太，穿着橘红色鲜明显眼的短背心，精神抖擞地在指挥十字路口的车辆，照顾过街的学童。他们是自愿为小区服务的高龄义警。每回见到他们，我内心就肃然起敬，走向前去向他们点头问好。

这一天我散步时间较晚，上班上学的交通忙碌时刻已过。一位童颜鹤发的老先生，脱下红背心，正在慢慢地走回家去。他向我点头笑笑说："阳光真好，不出来散散步，享受一下，太可惜了。"

"您就住在附近吗？"我问他。

"就住在这幢舒服的公寓里。"他指着高耸的老人公寓，

“受别人照顾这么多，不回报一下，怎么过得去？”听了好令人感动。

“您的儿孙常来探望您吗？”遇到老人，我总不免要问这句话。

“常来呀，不来也不要紧，我过得快乐又健康，他们都忙，我自己不也是这般忙过来的吗？”

和煦的春阳照耀着他丝丝银发，我真要从心底敬爱地喊他一声“阳光老人”。

又有一次，我在超级市场买蔬菜，看见一位微显伛偻的老妇，用微微颤抖的手，拣着四季豆。我对豆子看了一眼，自言自语地说：“这样拣太费时间了，我还是去买现成包好的。”

“你先去买别的东西吧，你要买多少，我来帮你拣。”老太太热心地说。

“那怎么过意得去呢？浪费您的时间呀。”

“我的时间有的是，不像你们年轻人拼命地赶。”她把我看成年轻人，心里也很得意。我告诉她只要一磅。等买好别的东西回来时，她已为我拣好整整齐齐的一袋，因为确实是赶时间，就不能和她多说话，只谢了她就匆匆走了。只觉得她一对空茫茫的眼神，一直在望着每一个人。她大概又在找一个可以帮忙的对象，为他们效劳，给自己杀时间吧。

老人、老人，就有这么多神情不同的老人。我不由得想起四月里报纸上登的一段令人不忍卒读的新闻：一位七十二岁的老人，因多病不愿拖累儿孙，乃自筑坟墓，开瓦斯自尽，如此的死亡，算是“寿终正寝”吗？算是善终吗？俗语说，“好死不如赖活”，这位老人，宁愿选择好死，而不愿赖活，难道真有非死不可的苦衷吗？想想为人子女者，面对父亲采取如此方式的死亡，将何以堪此呢？若是一位心胸豁达的老人，一位仁慈的父亲，怎忍心以悲惨的自杀，陷子孙于不孝呢？

新闻上描述他雇工人筑墓，自购瓦斯，自闭墓门，一切考虑都非常周详，想见他头脑清醒，行动并不蹒跚。有如此精密的思考力，尚未十分衰退的体力，却一意想办法使自己如何死，而不想办法使自己如何生，看来这位老人的性格，一定是非常倔强与孤独的，才有不愿俯仰由人的念头，来一个万事不求人的自我了断。

其实到晚年受儿孙侍奉，戚友照顾，原是中国宗法社会的传统美德。工业化的今日，虽然人人都忙碌，但侍奉长辈，养生送死的反哺之心，还是非常被重视的。除非是大逆不道之辈，是没有弃慈亲于不顾的，老人又何必如此自绝于儿孙呢？何况福利事业日渐在开展，对老人的照顾将日趋完善。他如住进老人院，也可以广交同年龄“老友”，或外出做点轻便工作，尽一分对社会还报之心，也不致有“不能工作而心烦”的慨叹了。

人的一生，谁不曾艰难困苦地奋斗过，独立自强地挣扎过？这是一段值得骄傲的人生历程。到晚年回顾，感到的似乎应该是满足，是感谢，而不是愤愤不平，更不是无奈，心情也应由激荡而趋于平静了。若能服老的话，应当可以快快乐乐地活。以今日医学之发达，这位七十多岁的老人，少说也可再活十年。十年中，并不一定要依赖儿孙，也不必企望儿孙。他可把爱施诸社会大众，难道就没有一条路比开瓦斯自杀好吗？

死生亦大矣，自杀原是一件悲惨的事，我何忍也不应该对一位自杀的老人有丝毫责怪之意，尤不当以旁观者的心情来说风凉话。但我总不能认为这位老人“从容就义”的行为是一桩“壮举”。

基督教认为只有上帝才有赋予人生命与召唤人回去的权力，所以宣布自杀是犯罪行为。佛家勘破生死，但也惜生而不劝死，晓喻世人，要乐生而不贪生，顺死而不求死。这也正是庄子“劳我以生，息我以死”，安时处顺的意义。

何况一个人的一生，无论如何艰苦，无论如何感到不公平，而受之于社会国家者实多。若能以满怀感谢之心，化怨恨为关爱，化痛苦为菩提，天地原是非常广阔的，世间原是充满温情的。子孙即使不孝，还有社会大众的关怀，报上不是常有对病患者纷纷伸出援手的好人好事报道吗？

我絮絮叨叨地写下这些，只是因为那位亮丽阳光下闪烁的快乐老人，给我深深的启示，但愿以此冲淡我对那位自杀老人的凄悲印象。更愿老人福利事业日趋完善，使老人们都能沐浴于温煦阳光中，每一位都成为快乐的“阳光老人”。

恩与爱

今年五月间，我写了一篇《愿天下眷属都是有情人》，发表于《中华副刊》[①]，由此间《世界日报》“家园”版转载，引起相当多的回响。那时正接近情人节。有一个商店的老板夫妻吵架，丈夫就在情人节那天登一个启事，向妻子道歉，恳求她能和他永久维持有情人的心情。记者还特地去访问了他们，说：“有情人成眷属不难，成眷属后要永做有情人才难！”正印证了我那篇小文的意思。

全美妇女联谊会副主席打电话来，约我参加一个情人节的座谈，题目就是“愿天下眷属永是有情人”，她另外请了北

① 指台湾《中华日报》副刊。

美协调会吴主任的太太，圣约翰大学张龙延教授、哥大熊玠教授，还有刘墉、丁强两位先生，一共六个人谈这个主题。大家说的意思，归纳起来约有下列几点：

一、婚前是爱情，婚后是恩情，爱情是炙热的、动荡的，恩情是温柔的、稳定的，双方由于情深似海而结合，成了夫妻以后，尤当义重如山，才能永久。

二、尊重对方，就不会时常吵架，举案齐眉的时代已成过去，但能相敬如宾而不致如“兵”，却是要彼此尊重。尊重更包含了宽厚、谅解、忍耐，连对方的缺点都能欣赏，自然就不会觉得不舒服了。一般所谓的“因不了解而结合，因了解而分手”，就是因为不能容忍、不能尊重对方所致。

刘墉讲了一个笑话说，一对夫妻吵架，太太摔东西，把先生一个心爱的瓷缸打破了，先生一言不发地用胶水与油漆补缸，补好了第二次又被摔破，先生耐心地再补。朋友们问他怎会有如此耐心，他笑笑说：“这个缸本来不值几文钱，被太太砸碎几次，我修补几次，就成了百裂花纹的古董，才真是无价之宝呢。”太太听了内心十分感动，从此不再吵架了。这个故事非常美。

三、充实自我，尽量投入对方的兴趣与学问之中，共同享受生活情趣，而且努力予以培养。

这一点在今日有智识妇女说来，似不成问题，其实也时常被忽视。因为夫妇各有各的工作岗位，常常会各忙各的，忙得连见面谈话时间都很少。以前，我有位朋友对我说：“我们夫妇日日碰头，长远不见。”意思是说彼此的疏离不关切。所以无论如何为事业忙碌，必须要抽出时间一同旅游，休息一下疲惫的身心。旧日惺惺相惜的情愫将会再生。

现在家庭计算机如此发达，先生有兴趣玩计算机，太太也应该尽量参与学习，可以增加情趣，否则先生一头栽进计算机，太太就会有被冷落疏离之感。有一位太太风趣地说丈夫退休后有了新欢，她不愿退贤让路，就是指的计算机。

四、培养幽默的情趣。俗语说舌头与牙齿最亲，而牙齿常常把舌头咬出血来，过一下子就好了。所以夫妇之亲，没有不吵架的。正所谓“不是冤家不碰头”。如“宾”、如“兵”，都无妨，只要不至如“冰”就好了。若到了彼此冷若冰霜、漠不相关的地步，那就是悲剧的前奏了。

熊玠教授说了男人的“三从四得”，提供大家参考：“三从”是太太外出要跟从，太太吩咐要服从，太太命令要盲从。“四得”是太太生日要记得，太太发火要忍得，太太花钱要舍得，太太出门化妆要等得。这“三从四得”，大家也许都耳熟能详。其实岂止是做先生的要如此，做太太不也一样吗？

记得从前萨孟武教授说过维持婚姻的原则是 ABCDE，即

Appreciation，Belief，Cooperation，Dependence，Endurance。

就是相互能欣赏、互信、互赖、相互合作与忍耐，可为婚姻带来永久幸福，无论中外都是一样。

其实，自然之道，总是刚柔并济。男刚女柔，容忍的大都是女方。再能干的女强人，如果在家也是颐指气使，唯我独尊，家庭生活一定不会美满。因为在家中，她扮演的是妻子与母亲的角色。英国女王下朝回来，敲房门时自称“女王”，公爵就不开门。她改口柔声说：“是你妻子呀！”门就开了。男人就是得还他那一点尊严，做妻子的又何必吝啬那一句柔情的话呢！

我也补充了一个小故事，有一次在一个全是女性的聚会上，谈着谈着，不免谈一点家庭与职业兼顾的苦经，也不免埋怨几句“大男人主义”的丈夫不够体谅。有一位朋友问，如果下一辈子重做女儿身，愿不愿意仍嫁回原来的丈夫。大家都还愣愣地没作声，一位数落丈夫最最咬牙切齿的太太大声地说：“我愿意。”大家颇为吃惊她的勇气，她又咬牙切齿地补充说：“我已经适应了一生，何必再费心思去找寻别的男人？何况天下男人的那种脾气，还不都一样？”

听得大家都笑了。

总之一句话，夫妇之道，情必须包括恩与爱。有恩无爱不会快乐，有爱无恩不会永久，此所谓“恩爱夫妻万事谐”也。

“闺秀派”与丑恶面描写

有一位青年作者，来信问我，对于所谓“闺秀派”作家的头衔，看法如何？他还举了许多其他的名称，例如描写大自然现象及景色的，被称为“气象报告派”；行文带有一片哲思的，被称为“云端派”。最妙的是因眼前景物，引起对故乡山河之恋的，竟然还有“真乡土派”与“假乡土派”之分。搞得这位热爱文学写作的年轻人，满头雾水。

我告诉他说，这些所谓的“派”，根本不是派，更不能成为一种风格，而只是文章的内容。每一个作者，必定都会写各种不同内涵的文章，他岂不是兼有所有的派了吗？

至于“闺秀派”这个名词，却又是以作者性别来分了。似乎我们女性，若写的是身边琐事，带有无限情思的文章，都将被列为“闺秀派”了。若果真如此，我倒并不拒绝这个名称呢，但我不认为自己只写“闺秀派”文章。

其实，写家庭亲子、身边琐事，又有什么不好？古圣先贤说，“国之本在家，家之本在身”，“亲亲而后仁民，仁民而后爱物”。不是都要从一身做起吗？何况一花一木、一粒微尘中可见大千世界。只要抒发内心真挚情怀，一片的温柔敦厚，就是人间至情至性之文，必能引起读者共鸣。真正高明的、诚恳的读者，是不会以瞬息万变的文学潮流，或五花八门的派别名称，来品评一篇作品的。

处在这个大时代里，一个作者只要热爱人生，关怀世事，有丰富的同情心，有强烈的是非感，随处都是写作题材。他可以放眼看天下，他也可以爱怜枝头小鸟，朝露暮云。他有时怀乡怀土，有时也可以四海为家。大题可以小写，小题可以大作。文学天地原是鸟飞鱼跃、广阔无边。“闺秀派”三字，何能局限一个作者写作的领域呢？

关于对社会许多缺憾与丑恶面的描写，女性作者，除了新起的一二特别“出类拔萃”的作者之外，大部分较年长的作家，都怀有一分热诚与善意，不故意渲染，不为了标新立异、哗众取宠而绘声绘影。平平实实地，以满怀悲悯之心报道，这是作者的写作良知与一份使命感。其用意是为求发掘问题症结之所在，唤起广大读者的同情心而谋解决，绝不是恶意丑化人生。至于某些女性作者，标榜“以新技法写社会情态，发掘人性真面目”，其实是以文学外衣，描绘色情，抓一点西方某一些派别的尾巴而沾沾自喜，危害成长中的青少年心理至巨。那真是等而下之，不但不值一顾，人人鸣鼓而攻之可也。

或有人说，现代文学是描写“丑之美”的时代。我想这正如一位画家，画一幅满脸坎坷肌肉的老人，或画一个瞎眼断腿的残障者，或画出中日血战中，敌人刺刀刺入婴儿胸口，鲜血直流，凶手张口狞笑的恐怖神态……那是写实，是写丑恶。可知道画家的心也在滴血吗？他是悲伤的、沉痛的。他无意于使别人伤痛，但却不能不忠实于艺术。这分沉痛忠实的情操就是美。这分美，灌注于毫端，才能画得惟妙惟肖，因而完成了艺术创作本身的美。

作家忠实于他的创作，其情愫正复相同，写丑陋是为了追求完美，而不是引读者走向丑陋。但试问那些绘声绘影，无异于淫书的、不必要的色情描写，能在作品中产生什么艺术价值，能引发读者什么样正面的领悟呢？

我曾请教一位大学文学教授，也是一位文学评论家，对这类作品的价值观念如何。他叹息地说：“只有四个字，国家妖孽。”一点不错，国家妖孽。

每回走笔写到有关这些问题，心头就感到无限沉痛。我不是一个迂腐的护道者，我关心文学写作的方向与风气，经常阅读新书与报刊，我也经常接近青年。他们有许多热衷写作，又爱惜羽毛，但却为目前文艺风气的一片紊乱而感到迷茫、失望。我尤不能不为此忧心忡忡。真希望有良知的文学评论家，提出真知灼见，以正风气，以挽狂澜，亦使爱好文学的纯洁青年，有所遵循。

风车老人

窗外天空阴沉，风雨交加，大雨点打得玻璃窗噼噼啪啪地响。我本是个爱雨的人，可是在异国的雨声中，感受就不一样了。尤其是一个人在屋里，无休无止的雨，会使你有点心慌而失去安全感。这使我想起那年在荷兰的阿姆斯特丹，由一位导游小姐开车带我去看风车，也遇上滂沱大雨，车子在茫茫的公路上疾驰，好像海水就要越过堤防冲进来似的。

导游小姐是外子公司代理行里的一位职员露西。她在上车前望了下天色，问我是否只要开车做一番走马观花的巡礼，还是要冒雨爬上风车看个究竟。我当然不愿放弃这新奇的机会，于是她就加速开车，雨愈来愈大，霎时间竟下起冰雹来，打在车窗上砰砰响。露西脸色凝重，双手紧握方向盘，叫我用布帮着擦车窗玻璃上的雾气，嘴里不停地念着：“我的天，我们真选对时刻了。”我问她：“这种天气是时常有的吗？”她笑笑说：“风雨、冰雹、大水，我们都不怕，我们荷兰人是从海底建立起陆地来的。不过今天带一位东方访客在大雨倾盆中去看风车，倒是第一次。”她怕我紧张，连忙补充说：“不过你放心吧！我们的堤防比山还巩固，海水绝不会冲过来的。”

车开到了埠头，买了票把车开上船。雨势愈大，船在冒着烟雾的宽阔运河上缓缓前进，好像在驶向蓬莱仙岛。到对岸以后，还要再开一段路程。天公真是作美，雨忽然小了，到了风车下面时，已完全停止，否则，没带伞的我们，真要变成落汤鸡呢。

露西带我走上斜坡，仰望眼前庞然的大风车就像一座古堡。四面是褐色厚厚的砖墙，顶上是一层层稻草铺盖下来。一位满头白发的老人，笑逐颜开地走向我们。他说的荷兰话，我一句也听不懂，但看得出他对我们这两个仅有的雨中访客，是万分欢迎的。他把卧在地上的巨大风翼的粗绳拉动，示范讲解给我们听，由露西简单翻译，然后进入底层参观。那是老人的起居室，床铺贴着墙壁，木板推门以供进出。厨房炉用具简单，楼上是操作室。他过得像《鲁滨孙漂流记》里的生活，但他显得健康满足，看他对风车操作不停讲释的兴趣，可以知道他是多么热爱这份工作了。

我问他会说英语吗，他听懂了，对露西说他只说荷兰话，因为风车是他一生唯一的伴侣，说别国语言，风车会发脾气，真是好风趣的一位老人。露西说他很健谈，老是希望游客多来，他就可以滔滔地讲。今天可惜时间不够，我们必须回去了。

露西问我身边有没有带纪念品，我在提包里掏好久，才找出一个吊着一只迷你皮凉鞋的钥匙，明知这样的小东西送他不合适，但也只好以此留作纪念了。他接过去，眯起眼睛看了好半天，大笑说："你们台湾穿这样漏水的鞋子呀，看我们的鞋子底多高，多坚实。"

开车回来时，已是雨过天晴。露西这才对我说："刚才这场大雨兼冰雹，我倒真有点害怕呢。因为我向来都只在市区开，带朋友参观风车，都是我哥哥开车。有一次也遇上大雨，他故意叫我开，要练练我的胆子。但我总觉得有个强有力的哥哥可依靠，心里一点不怕。可是今天，你是客人，我感到责任好重。马上想起哥哥的话来，他说：'遇到紧急情况时，不要想到有人可依靠，要想到有人在依靠你，你就非镇定下来不可。'所以刚才终于能聚精会神地，平安到达，有了这次经验，我以后更不会惊慌了。"

露西的话，使我有深深的领悟。一路上，我也在挂念那位白发皤然的风车老人。他从小到老，只守着那座风车，把全部的爱投注给风车，与它说话，对它唱歌。他那样远离尘嚣，在我们忙忙碌碌的都市人看来，觉得他很寂寞。可是他看我们匆匆来，匆匆去，时间不能由自己控制，行程不能由自己做主，他是不是要为我们叹息呢？

在大雨中，我又想起给我深刻印象的露西与风车老人。

自己的书房

新加坡一位诗人好友久未来信，正惦念中，他的信到了，龙飞凤舞的字里，看出他的忙碌和兴高采烈。他告诉我最近搬了家，忙得人仰马翻，但高兴的是，十多年来读书写诗，今天才算真正有一间属于自己的书房。

我也好为他欣喜。一间属于自己的书房，多么让人感到舒畅、自由又温暖。

环顾我自己呢，我就坐在客厅与饭厅的餐桌一角，读书、写稿。晚上他在家时，我们各据一方，一盏高而老的台灯，还是朋友从地下室掏出来送给我的。古色古香的灯罩上，我自己涂上了猫狗的儿童画。灯光一透出来，它们就活了，对我跳、对我笑。愈看愈满意自己的杰作。

我们在灯下看书报、谈心、涂涂写写。他那不熟练的打字机声，啪、啪、啪的，很有节奏，但不致催我入梦，因为我正陶醉在诗词或小说里。有时念两句名句与他共享，他就会用四川乡音朗吟起来，那倒真有点催眠作用了。讲小说故事或技巧，他是不大有兴趣听的，因为他略微缺少点“文学的想象力”，他的兴趣在“踏踏实实的生活”上，如何改善生活，如何增进健康是他喜欢研究的。我们虽道不同，仍可相与谋，因为我稿费的微薄收入归他经管，他的饮食归我料理。因此一同挑灯夜读，仍旧其乐融融。

我们的书，从台湾带来一部分心爱的，来此后也陆续添了不少，但我们一直没有买书橱。就由他的巧手用卡通箱自制，倚着墙壁一字排开，他编的书目分类可使我信手抽出书来。“书橱”背上摆了各色盆花，迎着窗外的和风丽日，欣欣向荣。屋子坐北朝南，他说“风水”是最好的。不管风水吧，至少当窗的景观是这一批社区房屋中最好之一。远处是青山绿树，近处是各型玲珑的房屋，屋前院子里四季花木扶疏。一到晚上，那远远近近的灯光令你着迷，静悄悄的小镇，就像属于你一个人的了。

我的“书房”，就是如此令我满意，尽管它是如此地简陋。

说实在的，我始终未曾有过一间真正的书房。但过去每间简陋的书房，都使我留下一段温馨的怀念。

刚到台北时，行囊中只有《唐宋名家词选》一部小书，和一本手抄的《心爱诗词选》（此书后来被一位爱书贼窃去，至为心痛）。工作安定以后，才在重庆南路、南昌街，省吃俭用地添购一些书。开始写作以后，文友赠书渐增，心灵天地也拓宽了。

但那时我的书房，上即是办公大楼底层，不满四叠的一间宿舍，书桌是一张有靠手的藤椅，上加一块他自己刨制的光滑木板。木板是万能的，移来移去当餐桌、当缝纫桌，也当书桌。书柜是三层木架，饰以绿帘。在那方寸的木板上，我有过泉涌的灵感，写下不少篇章。在楼上的办公室里，我也理出一角，在夜晚可以上来静静地看书写稿。白天，即使是在嘈杂的谈话声或打字机声中，我仍可抽空阅读。二十多年的公务员生涯，我就在忙碌的工作中，不忘旧业，培养兴趣。在我心中，一直有一间“自己的书房”。我总尽量保有“亭子小如斗，我心宽似天”的境界，我从来没有羡慕别人富丽堂皇的房屋。

不敢说自己是淡泊，但能如此安于现状，不能不感谢童年时代那位认不得几个大字的阿荣伯。是他给我建造了第一间书房。在那里面，我很满足地感到方寸之地，便是自己的天地。在那里面，我早早养成易于满足的性格。

那时，乡间房屋虽大而松散，族里来往的亲戚多，好像每间屋子都有人住，总有人进进出出。我从小是个喜欢有个自己角落的人，而老师教我读书的书房又是那么冰冷严肃。于是巧手的阿荣伯，就为我在楼上罕有人到的走马廊的一角，用木板隔出一间小小的房间。有一面倚着栏杆，可以远眺青山溪流与绿野平畴。阳光空气既好，又少蚊蝇来袭，有时小鸟飞来，停在栏杆上，友善地和我对望片时又悠然飞走。阿荣伯教我以小米喂它们以后，它们都停到我手背上来了。

房间里有一张小木桌、一张小木凳、一个矮木箱，木箱里面藏的是老师不许看的小说和与小朋友交换来的香烟画片，还有阿荣伯的木炭画（那是他用木炭在粗纸上描的关公、张飞，是他最敬佩的两位“神佛”。他说赵子龙太年轻了，画不好，关公和张飞的胡子很好画）。我坐在里面，为的是逃学，偷看小说，吃花生糖、炒米糕、橘子。那都是趁母亲不备时偷来的，装在一个盒子里慢慢地吃。阿荣伯给我的是田里拔来的嫩番薯、嫩萝卜，都是母亲不许生吃的。阿荣伯说吃点泥土才会百病消除，长大得更快。

小书房曾一度被父亲命令拆除，阿荣伯再次建造。我那时还不到十岁，因母亲的忧郁感染了我，常使我觉得做人好苦，而萌逃世之念。阿荣伯说："把心思放在一样事情上，定一个心愿去做就快乐了。"

他的话很有道理，我就专心看小说，也背书，比在老师教我读书的真正书房里专心得多。因为这是我喜欢的地方，使我有遗世独立之感。

我长大了，要出门求学，不能永远待在那间小书房里。可是小书房一直是我留恋记挂的。多少年后回到家乡，赶紧跑到楼上走马廊的一角看看，木板屋尚未拆除，里面小桌、小凳都已不知去向，木箱仍在，里面还剩了一本《西游记》。我呆呆地站在那里，小时候的情景一幕幕想起来。木板小屋是阿荣伯的手艺，是他为我建造的书房。我的童年在此度过。阿荣伯教我的话，我也仍牢记心头。我虽不能再坐在这里面读书，但这间书房将永远在我心中。

今天，我清清静静地坐在书桌边，抬眼望窗外艳阳下的好风景，童年时代的第一间书房便涌现心头。它启示我如何排除忧患，知足常乐。

遥远的祝福

今年二月十五日午夜，“祝融”肆虐，把高梓老教授板桥的住宅，摧毁无遗。远在海外的我，迟至二月底才由台北友人函告，高教授和她妹妹高棪教授，仅穿一身睡衣逃出火窟，财物尽付一炬。幸二位身体安全，未受一点伤害。我急忙写信请友人转给高大姊，致十二万分挂念之意。回信未到前，即拜读到自台北寄来的《中央副刊》[①]，三月二十三日高大姊写的文章:《坚定、乐观、抗横逆》。距火灾仅短短一个月，她就提笔为文了。她真正能以坚定乐观的信心，冷静地追忆三次惨重的劫难。

① 指台湾《中央日报》副刊。

我一字一句地读下去，对这位百折不挠的老斗士，愈益崇敬钦仰。在最后一段中，她说:“回忆五十余年来，内忧外患，战祸连年，饱尝颠沛流离之苦，毁过十九次的家……没想到退休十八载，以八六之年，竟遭午夜惊魂，财物尽毁，而亲友故旧的关怀援助，给予我姊妹以强有力的鼓舞与激励。”读至此，真使我感动万万分。

高教授没有流一滴泪，她是位身经百战的勇者，几十年来，抗拒了所有的横逆，这次的大火，烧去她全部身外之物，却锻炼出她更坚强的意志。也因此次的灾难，她有了更深一层的领悟，走上人生更高一层的境界。

在盼待中，我终于收到她的信。她第一句就是叫我放心，她们一切都好。她没有冒险抢救财物，所以没有引起被烟呛的气管炎。在火焰冲天中，她们兀然把握住最宝贵的生命。她说这场噩梦，使她更体会到人情的温暖、友谊的可贵、健康的重要。

最感人的是她告诉我，东海大学行政检讨第五次结束会议，她必须出席讲评。当时她衣履不周，但想到如果她要以后的生活过得有意义，就不可沮丧悲观。唯一的途径，就是坚定奋发以赴。因此她穿着朋友所赠的棉袄长裤，昂然出席，代表董事会讲评。她说:“这一决定，表示了我的精神与心态。其实，我是没有选择的，这是要好好活下去唯一的应走之路。”她钢铁般的意志，怎不令人钦佩！

在信末，她写道：“琦君妹，在患难的过程中，不知多少次想到你。但因通讯录焚毁，所以急急为文，在报端发表，借此向朋友们报到平安，以免挂念。”

我感动得热泪盈眶，想到一位高龄老友，在危厄中，顾念的不是自身精神的打击、财物的重大损失，而是挂心朋友们为她担忧，她心情之温厚，胸怀之豁达，于此可见。

不久前，又收到她第二信封，她追忆地说：“在遭遇横逆挫折，力自振作奋发的过程中，情绪也时有起伏。我比喻自己像在万顷波涛汹涌澎湃中，游水挣扎，我必须每分每秒将头和嘴露出水面，全力以赴，心中只有一个意念，就是撑下去，游登彼岸。若稍一慌乱或沮丧，必将惨遭没顶。”这一段话，给了我很大的启示。

她附来一位记者对她的访问，她轻松地说：“看我笑容满面，你就可以放心了。我很健康，早已工作如常了。”

回想在台北时，因大家都忙，我和高大姊见面机会并不多。但每次见到她，她那一头整齐闪光的银发，高雅从容的风度，洪亮又低沉的声音，都会给我一分稳定感。而她对我款切的关怀，尤使我有着无比的温暖。

去冬回台，因时间短促，我们匆匆两次会晤，谈的都是别后情况，和她唱平剧学画的情趣。我望着她慈爱和蔼的神情，不由得想起我们初次认识时的情景。

那时我们同在实践家专[①]执教。有一天搭校车时，高大姊正坐在我前排。因她年长，深恐她有点严肃，未敢与她交谈。车至市区，所有老师都下去了，只有她和我还在车上，我就上前向她通姓名致候。她立刻亲切地拉着我的手，一同下车。也许因彼此谈得高兴，略不注意，她一脚从车门踏板上滑了下去。幸得我们的手仍紧紧握着，她在前面一下子就站稳了。但一只皮鞋的后跟却被刮脱落了。她妹妹正在附近餐室等她，我就牵着她，踩着一高一低的鞋子，走到餐厅门口，才和她分手。

这一滑跤，我们二人的手，就好像紧紧握在一起了。往后，我们曾几次相约见面倾谈。她来接我去东门银翼餐厅吃饭，她最喜欢那儿的素包子。饭后，总常买一盒包子，要我带回给家人。她的热情，是由不得人拒绝的。

有一次，崇她社开交谊会，她约我做她的客人。在余兴节目中抽奖，她抽到一把蓝色的绸伞，看我没抽到什么，她

① 指台湾实践家政经济专科学校，现为台湾实践大学。

一定要把伞送我。这把伞坚实耐用，我已随身带来，在异国的风雨中，撑开伞来，就感到大姊的关爱，一直在庇护着我。也恍如我们手携手，在雨中散步谈心。

回想我们每次见面，总嫌时间苦短，关于她自己的经历，很少谈及。此次拜读她这篇文章，才更了解她一生奋斗的历程，对她愈益敬仰了。

我们虽远隔重洋，仍不断地通着信。在信中，欣慰地知道她心情已日趋平静，且早已开始唱平剧、习国画了。

她早就答应要送我一张自认为满意的画。相信她今后以一手百炼钢的苍劲之笔，一定会画出更多幅得意之作。无论是山水或她最爱的荷花，都会灌注她意气风发、老当益壮的精神。

我在耐心地等待她的画，也默默遥祝她：

松柏之姿，

经霜愈茂！

读书琐忆

我自幼因先父与塾师管教至严，从启蒙开始，读书必正襟危坐，面前焚一炷香，眼观鼻、鼻观心，苦读苦背。桌面上放十粒生胡豆，读一遍，挪一粒豆子到另一边。读完十遍就捧着书到老师面前背。有的只读三五遍就琅琅地会背，有的念了十遍仍背得七颠八倒。老师生气，我越发心不在焉。肚子又饿，索性把生胡豆偷偷吃了，宁可跪在蒲团上受罚。眼看着袅袅的香烟，心中发誓，此生绝不做读书人，何况长工阿荣伯说过："女子无才便是德。"他一个大男人，只认得几个白眼字（家乡话形容少而且不重要之意），他不也过着快快乐乐的生活吗？

但后来眼看五叔婆不会记账，连存折上的数目字也不认得，一点辛辛苦苦的钱都被她侄子冒领去花光，只有哭的份儿。又看母亲颤抖的手给父亲写信，总埋怨词不达意，十分辛苦。父亲的来信，潦潦草草，都请老师或我念给她听。母亲劝我一定要用功。我才发愤读书，要做个“才女”，替母亲争一口气。

古书读来有的铿锵有味，有的拗口又严肃，字既认多了，就想看小说。小说是老师不许看的“闲书”，当然只能偷着看。偷看小说的滋味，不用说比读正经书好千万倍。我就把书橱中所有的小说，一部部偷出来，躲在远离正屋的谷仓后面去看。此处人迹罕到，又有阳光又有风。天气冷了，我发现厢房楼上走马廊的一角更隐蔽。阿荣伯为我用旧木板就墙角隔出一间小屋，屋内一桌一椅。小屋三面木板，一面临栏杆，坐在里面，可以放眼看蓝天白云，绿野平畴。晚上点上菜油灯，看《西游记》入迷时忘了睡觉。母亲怕我眼睛受损，我说栏杆外碧绿稻田，比坐在书房里面对墙壁熏炉烟好多了。我没有变成“四眼田鸡”，就幸得有此绿色调剂。

小书房被父亲发现，勒令阿荣伯拆除后，我却发现一个更隐蔽的安全处所。那是花厅背面廊下长年摆着的一顶轿子。三面是绿呢遮盖，前面是可卷放的绿竹帘。我捧着书静静地坐在里面看，绝不会有人发现。万一听到脚步声，就把竹帘放下，格外有一份与世隔绝的安全感。

我也常带左邻右舍的小游伴，轮流地两三人挤在轿子里，听我说书讲古。轿子原是父亲进城时坐的，后来有了小火轮，轿子就没用了，一直放在花厅走廊角落里，成了我们的世外桃源。游伴们想听我说大书，只要说一声："我们进城去。"就是钻进轿子的暗号。

在那顶轿子书房里，我还真看了不少小说呢。直到现在，我对于自己读书的地方，并不要求如何宽敞讲究，任是多么简陋狭窄的房子，一卷在手，我都能怡然自得，也许是童年时代的心理影响吧。

进了中学以后，高中的语文老师王善业先生，对我阅读的指导，心智的发现至多。他知道我已经看了好几遍《红楼梦》，就叫我读王国维《〈红楼梦〉评论》。由小说探讨人生问题、心性问题。知道我在家曾读过《左传》《孟子》《史记》等书，就介绍我看朱自清先生《古书的精读与略读》，指导我如何吸取消化。那时中学生的课外书刊有限，而汗牛充栋的旧文学书籍，又不知如何取舍。他劝我读书不必贪多，贪多嚼不烂，徒费光阴。读一本必要有一本的心得，读书感想可写在纸上，他都仔细批阅。他说："如是图书馆借来的书，自己喜爱的章句当抄录下来，如果是自己的书，尽管在书上加圈点批评，所以会读书的人，不但人受书的益处，书也受人的益处，这就叫作‘我自注书书注我’了。”他知道女生都爱背诗词，他说诗词是文学的，哲学的，也是艺术音乐的，多读对人生当另有体认。他看我们有时受哀伤的诗词感染，弄得痴痴呆呆的，就叫我们放下书本，带大家去湖滨散步，在照眼的湖光山色中讲历史掌故、名人轶事，笑语琅琅，顿使人心胸开朗。他说读书与交友像游山玩水一般，应该是最轻松愉快的。

高中三年，得王老师指导至多，也培养起我阅读的兴趣，与精读的习惯。后来抗战期间，避寇山中，能专心读书，勤做笔记，也曾手抄喜爱的诗词数册，可惜于渡海来台时，行囊简单，匆遽中都未能带出，使我一生遗憾不尽。现在年事日长，许多读过的书，都不能记忆，顿觉腹笥枯竭，悔恨无已。

大学中文系夏瞿禅老师对学生读书的指点，与中学时王老师不谋而合，他也主张读书不必贪多，而要能选择，能吸收。以饮茶为喻，要每一口水里有茶香，而不是烂嚼茶叶，人生年寿有限，总要有几部最心爱的书，可以一生受用不尽。有如一个人总要有一二知己，可以托生死共患难。经他启发以后，常感读一本心爱之书，书中人会伸手与你相握，彼此莫逆于心，真有上接古人、远交海外的快乐。

最记得他引古人之言云：“案头书要少，心头书要多。”此话对我警惕最多。年来总觉案头书愈来愈多，心头书愈来愈少。这也许是忙碌的现代人同样有的感慨。爱书人总是贪多地买书，加上每日涌来的报刊，总觉时间精力不足，许多好文章错过，心中怅惘不已。

回想当年初离学校，投入社会，越发感到“书到用时方恨少”，而碌碌大半生，直忙到退休，虽已还我自由闲身，但十余年来，也未曾真正“补读生来未读书”。如今已感岁月无多，面对爆发的出版物，浩瀚的书海，只有就着自己的兴趣，与有限的精力时间，严加选择了。

我倒是想起袁子才的两句诗：“双目时将秋水洗，一生不受古人欺。”我想将第二句的“古”字改为“世”字。因他那时只有古书，今日出版物如此丰富，真得有一双秋水洗过的慧眼来选择了。

所谓“慧眼”，也非天赋，而是由于阅读经验的累积。分辨何者是不可不读之书，何者是可供浏览之书，何者是糟粕，弃之可也。如此则可以集中心力，吸取真正名著的真知灼见，拓展胸襟，培养气质，使自己成为一个快乐的读书人。

清代名士张心斋说：“少年读书，如隙中窥月。中年读书，如庭中赏月。老年读书，如台上望月。”把三种不同境界，比喻得非常有情趣。隙中窥月，充满了好奇心，迫切希望领略月下世界的整体景象。庭中赏月，则胸中自有尺度，与中天明月，有一份莫逆于心的知己之感。台上望月，则由入乎其中，而出乎其外，以客观的心怀、明澈的慧眼，透视人生景象。无论是赞叹，是欣赏，都是一份安详的享受了。

有甚闲愁可皱眉

“有甚闲愁可皱眉，老怀无绪自伤悲。”这是前人自欺老大的词句。明知没有什么可愁的，但由于年事日长，乃不免兴人生朝露之叹。所以下二句说：“百年旋逐花荫转，万事渐看鬓发知。”

既然是鬓发已稀，人生的旅程已只剩下一小段，何不让有限岁月，在心旷神怡、无忧无虑中度过呢？

说来容易，而老之将至的心理恐惧，仍旧是难以避免的。拿我自己来说吧，十年前，偶有小病小痛，都可以不服药硬挺过去。如今呢，每一感到头昏或四肢无力，老的威胁立刻袭上心头，想学辛弃疾扶着楼梯吟“不知精力衰多少，但觉新来懒上楼”都不容易呢。

有一回与一个年轻朋友在电话中谈起自己左脚有点酸软，他立刻说："你小心哟，人的老化是从腿部开始的。你不是看到，老年人要扶杖而行吗？"听他这一说，我越加举步维艰了。外子下班回来，我将此话告诉他。他云淡风轻地笑笑说："这是他年轻人吓唬你的呀！老哪里是从腿老起？老是从头上先老起的。你不听大家都喊老年人'老头老头'吗？有哪个喊'老腿老腿'的？"他明明是强词夺理，却听得我哈哈大笑。腿也似乎不酸软了，可见心理健康，可以转变心理状态。

但听他"从头上老起"的"老头"之说，我忽然觉得自己的脑子又不对劲儿了。做事丢三落四，查英文字典边查边忘。打开冰箱好半天却不知要拿什么，跑到地下室团团转一阵，嗒然上来后才想起急急下去是为的什么。有时一个极熟悉的人站在面前，交谈好几句了，偏偏记不起他（她）的大名。我沮丧地对老伴说："完了，我大概会得那种叫作'爱尔折磨'的病，亲人与朋友都认不清，脑子里时而一片空白，时而过去现在未来混成一团，真要到那地步，怎么办呢？"

他说："真要到那地步，愁也没用。何不趁现在脑子尚清醒、四肢还灵活之时，多享受读书、写作、交友、旅游之乐。心宽体胖，活得健康而快乐。"

其实，他是"夫子善为人谋"，轮到他自己，一点轻微的感冒，就如同病入膏肓，那副严重的情态，不但他自己的病情会加重三分，也构成我心理上莫大威胁。那时，就得我来开导他了:“心理健康最重要。人，绝不是这么脆弱的动物，你必须要有自信心。少吃特效药（他一感冒，必定中西药并进），少躺，多运动，包你好得快。”他生气地说:“病在我身上，你怎么知道严重的程度？我一点力气都没有，只能躺着休息，你不要啰唆了。”

他服那种治感冒的特效药，当然得昏昏沉沉睡上几天。若问我“有甚闲愁可皱眉”？他的弱不禁风，不但使我愁，使我皱眉，简直使我生气。

于是他又劝我别生气，并借了同事从台湾带来的一块铜牌给我看，上面刻有四句格言:“别人气你你不气，你若气了中他计。不气不气不要气，气坏身体没人替。”倒是非常有意思。其实夫妻吵架，气的就是对方，何来“别人”。与朋友相交，只有快乐，不会生气。我倒认为其中第二句“你若生气中他计”，当改为“你也别惹人生气”，因为夫妻之间，一言不合，争吵起来，哪个也没存心使对方生气。若能忍让一下，反省一下，少说一句，气不就平了吗？

一位朋友的母亲，八十七高龄的老太太，她慈爱、乐观、好客。难得的是耳聪目明，体气强健。一生有虔诚坚定的宗教信仰，对人对事，心平气和。她对女儿说:“人的心、肝、脾、肺、胃，就是被怨、恨、恼、怒、烦所苦。所谓五内如焚者，即指此。”

言简意赅，值得深省。信奉任何宗教，无论你如何虔诚祈祷，如自己内心充满怨恨、烦恼、忧愁，菩萨与上帝都不可能赐福于你。所以若要自求多福，必先将心胸打开，驱除所有的情障，便觉海阔天空，现世便是天堂了。

再想想，“有甚闲愁可皱眉”，不免自我失笑。还是引当年恩师赐赠之诗自勉吧:

莫学深颦与浅颦，风光一日一回新。
禅机拈出凭君会，未有花时已是春。

禅机并非玄之又玄，而当从平易的日常生活中体会、领悟。若此心被烦忧恼怒所困，怕老、怕病，患得、患失，哪里还能见得“一日一回新”的“风光”？更无论“未有花时已是春”的境界了。

千古浮名余一笑

——惊闻梁实秋先生仙逝

四日清晨，忽接《中国时报》季季的越洋电话，告知梁先生因心脏病突发逝世的噩耗。我一时愣得说不出话来。因为正在前些日子细读了“华副”[①]上丘秀芷访问梁先生的一篇长文。他老人家谈文学主张，谈平生治学为人，以及日常生活情趣，语意之温厚中肯，态度之谦和，令我深为感动。在今日文坛蓬勃中见紊乱的情形下，相信梁先生的一席话，对青年学子，指引尤多。我在写信给文甫兄时，即提到自己深切的感想，并请他代为转达敬佩与遥念之忱。没想到文甫兄

① 指台湾《中华日报》副刊。

已来不及转致我的心意了。

梁先生固已享年八十有六，但以他的道德境界与涵养功夫，应该可以达到百龄高寿，让这位贯穿两代的巨匠，多为现代文坛做一盏指引的明灯，可惜他却溘然而逝了。

在我印象中，梁先生诚恳平易，没有一点道貌岸然的架子，对后生奖掖备至。记得多年前，有一次一位主编给我打电话，说他刚去拜望过梁先生，向他求稿。看他案头摆着好几本年轻作者所赠的书，他正在一一浏览，对好的作品频频颔首赞许，并提醒他无妨多多向他们约稿。可见他爱护后进的热忱。

我有一回在一篇小文里引到雪莱的诗，记忆有误，梁先生特赐函指正，并嘱于再版时记得改正。殷切诚挚，令人铭感五内。也深悟读书必须扎扎实实，不可只以一鳞半爪，强不知以为知。

他刚自美返台时，心情落寞，海音约大家陪他上阳明山游玩。一群人有周弃子先生、叶曼姐、高阳、彭歌、郭嗣汾与我。谈得风趣横溢，并摄影留念。弃子先生还有诗记其盛。惜日久不能记忆。岁月不居，弃子先生亦已作古数年了。昨为找寻梁先生书信墨宝，也意外发现弃子先生慰我失猫的一首词。故人已远，墨迹犹新，感慨奚似？

我执教中大中文系时，年轻学子因仰慕梁先生，亟盼能恭请他到学校来做一次演讲，我顾虑路遥不便烦劳他老人家，乃携了录音机去华美大厦拜访他做录音访问。谁知我笨手笨脚，对录音机操作不灵，全部录音模糊不清，无法播放，真是十分懊恼，又不便再次打扰他。海音将此事转告他，他竟慨允我再去录音。但因同样话题，重说一遍在心情上兴趣上，总不及第一次洒脱自然。这都怪我粗心大意所致，也感到对梁先生非常抱歉。最记得他曾对我说："慢慢来，你不要拘礼数，我们自自在在地谈。"我听了非常感动。凡事都要从容，才不致出错。

我抬头默念壁间悬挂的一首《金缕曲》词，那是梁先生亲笔书写赐赠的。由于那年他的《莎翁全集》译毕出版，文艺界特为他举行庆功会。我因有课未克前往道贺，乃不计工拙，作了一首《金缕曲》向他致贺。词云：

大匠功成矣。三十余年，书城兀兀，古今能几。
善恶无常人性在，会得莎翁此意①。真异代文章知己。
早岁才华惊海内，最艰难走笔烽烟里。伤故旧，闻鸡

① 梁先生谓莎翁笔下人物，无绝对的善，亦无绝对的恶，方见其真实可爱。

起。高轩此夕须沉醉。引金樽，清风明月，豪情堪记。优游闲岁月，有个中英次第，把文史从头料理[①]。千古浮名余一笑，听轻歌身外均闲事。夫人道，加餐耳[②]。

梁先生非常高兴，不日即赐和一首云：

看二毛生矣。指顾间，韶光似水，从何说起。诗酒豪情抛我去，俯首推敲译事。隔异代忝称知己。笔不生花空咄咄，最踟躇融会双关意。须捻断，茶烟里。如今称了平生志。却怨谁，相如消渴，难拼一醉。只羡伯鸾岁月好，多少绮情堪记。小院落，山妻料理。曳杖街头人不识，绿窗前自了闲生计。富与贵，浮云耳。

他亲笔以宣纸写了寄我。这两首词，都曾刊在《大华晚报》的“瀛海同声”上。

---

① 梁先生已退休，将以余闲以中文写英国文学史，以英文写中国文学史。

② 梁夫人善烹调，当益劝先生努力加餐也。

梁先生的字，于洒脱自然中见功力，不用说是难得的墨宝；他的词，平时也极少能得拜读。我竟能抛砖而引美玉，焉得不感幸万分。乃将它精裱为立轴，配以镜框，悬诸壁间。四年前来美，也将它与恩师所赐赠诗词镜框，一起带来，悬在小小客室中。俯仰其间，回环雒诵，如沐春风，亦恍如回到台北故居，心头有无限温暖。我词中“千古浮名余一笑，读诗书身外均闲事”表示梁先生的淡泊名利。而在他赐和词中最后几句：“曳杖街头人不识，绿窗前营自家生计，富与贵，浮云耳。”则益见先生一派洒脱胸襟之可敬。

我在来美时，带来梁先生的《雅舍小品》《文学因缘》与《偏见集》。时时重温，对文学上启迪至多。由九歌出版的《白猫王子及其他》《雅舍散文》《雅舍谈吃》，则包含了无限温暖的人情味与幽默感。

在四日中午，收到台北寄来的《中央副刊》，上面正有梁先生一封给青年朋友的信：《少年心，无处寻》。在感慨万千中读完，不知是否他最后遗著。前天收到香港《大成月刊》，也有梁先生一篇《谈翻译》。该刊是十一月一日出版，可能梁先生已来不及看到自己文章刊出。以梁先生晚年创作力之旺盛，与对青年的满腔热忱，他实在是应当老当益壮的。

现代知识愈发达，出版物愈丰富，愈不能不读前辈著述，以培植心胸与明辨是非的尺度。正如梁先生在《少年心》一文中语重心长所说的:“学贵专精，但经史典籍的认识，文学艺术的熏陶，完美人格的养成，是人人追求的目标。”

一代宗师的著述，当是最最正确的指引了。

一回相见一回老

自从去年四月里，去马里兰思明家探望过沉樱姊，转眼已是一年了。这一年中，我比以前更挂念她。因为她的健康情形远不如以往了。每天清晨，我总会动念，想拨个电话跟她谈谈（我们过去都是在早上七至八时的廉价时间里通电话的）。可是现在不能够了。因为她住在老人疗养院里，行动不便，起居饮食都由护理人员照顾，不方便与外界通电话，也怕铃声干扰别的病人。若是给她写信呢？她自己也不能看，得由思明在她清醒时念给她听。听了不能回信，又深怕徒增她心情的波动，扰乱她的安宁，对她病体反而不利。因此，她的情况，只有偶然打电话向她的儿子思明探问。想想我们同在美国，相距并不远，却不能通音问，真个是咫尺天涯，重逢何日，后会何地呢？

沉樱姊在我心中的地位是亦师亦友。写信时称她“姊”，比较亲切，当面总喊她一声“陈先生”，觉得才能表达内心对她的钦佩敬爱。

想起在台北时，和沉樱姊聊天是非常自在快乐的。她虽比我年长，在她面前却一点不必拘束。有时她还颇欣赏我的“妙语”，笑得出一身大汗（她有容易出汗的敏感症）。但得益甚多的是我，因为她总会把我们凌乱的谈话，最后做个结论，结出个妙理来。论文、论事，都使我别有领悟。然后她就说：“你写嘛，这样好的题材，这样好的思想，不写下来可惜了。”有时，她连题目都给我起好了。她时常这样给朋友们出题，那一阵子，我有许多篇章，都是由她启发的灵感。如有文章见报，她总是很快打电话来赞许一番，有什么不同意见，她都坦率地告诉我。她真正是一位“直、谅、多闻”的益友。有一次，我们谈到名、利的问题。放下电话，她又给我补来一张明信卡：“电话中意犹未尽，再写此卡。我主张要写为自己写的文章，并非全无名利心，而是由经验得来的信心，知道这样写出来的文章，句句是真心话，为自己所爱，也为读者所爱。可见无野心是更大的野心，你说对吗？”

台北交通方便，我们退休后都是闲身，电话里聊得不过瘾，一趟公车就去她家。她带我在附近菜场买零食水果回来，边吃边畅谈。指点我书架上、案头上她心爱的好书，念给我听知堂老人周作人的名句，和我谈翻译名著的心得，选文章编书的快乐。然后再教我做纸花——那种一点不像真花的“一剪花”。她自嘲为“好色之徒”，任何美丽的纸张都保留起来做花。她说写作也一样，任何题材，运用匠心一拼凑，就是绝妙好文章。我每每请教她翻译的诀窍，她总是耐心地、平易地举例对我讲解，并鼓励我不要放弃进修英文，说：“文学的思路是中外一致的，多读西洋名著，体会其遣词用字之奥妙，可大有助于你的中文写作。”听她一席话，内心常有满载而归的感觉。她确实是一位良师，她执教一女中[①]时，学子们的获益可以想见。

《纯文学》月刊创刊号时，我自英文转译了一篇韩国名女作家崔贞熙的小说，沉樱姊看了立刻打电话来夸奖我译得笔调很好，鼓励我多多练习翻译，使我对进修英文增加很多信心。

与沉樱姊的随意聚首之乐，来美后就不易多得了。

一九七七年夏，我随外子的调职来美。行装甫卸，就开

① 指台北市立第一女子高级中学。

始对她电话追踪，因为她在两个女儿和一个儿子家轮流住，幸运地一下子就把她找到了。听她电话中的一声叫唤，就知道她有多高兴。几年的远别，我们当然有说不完的话。她告诉我靠着大女儿思薇的小店隔壁，租了个单人公寓，又过起一向自由的"家"的生活了。她可随时去小店照应，顾客不多，但都是中国迷。她又教年轻女孩子学中文，趣事甚多。她们的小城每隔一段日子的周六，靠校园举行小集，衣物、绘画、手工艺品、书籍、食品，应有尽有，邀我无论如何，挑个天气好的日子去玩一下，何况又可见到离她不远的简宛，我也恨不得一脚跨到她那儿呢。通过电话，她又马上给我来一封长信，由字迹的清秀有力，可想见她生活的惬意，心情的愉快健康。

信中她风趣地说："电话中你问我是谁家，想想我的忽东忽西、处处为家的生活，简直像在打旋转。不但别人看得眼花，就是自己又何尝不有时头晕。夜半醒来，漆黑中常要先想一想身在何处。"她很高兴依女儿赁屋而居，说："既有依靠，又能独立。最高兴的是小公寓附近就有迷你市场，跨过背后马路就可去买零食、水果与日用品。公车站就在对面，兴来时跨上车可游全城，又可去图书馆看书竟日。老来能独立行动，有说不出的得意……"看来她真是过的自由自在的神仙生活，比在台北时还惬意。读着信，我真为老友好高兴，同时也真想快快去探望她，分享她那份快乐。

只因我胃出血住院动手术，直延到九月底才决定去看她。知道我行期确定以后，她的兴奋是不用说了，每天打来一个电话，告诉我无论搭飞机或公路车，她都会和女儿女婿来接，叫我千万不要紧张（事实上她比我更紧张，因为她说已出了好多次汗了）。她说附近公爵大学校园中菊花盛开，正好去赏菊。最后，她特别吩咐我不要像乡下人探亲似的，带一大堆礼物、一大堆衣服。北卡很暖和，只带换洗衣服即够，连牙刷都不必带，她都为我准备了，可见她的仔细和对老友盼望之切。

最有意思的是她怕我不认识她的儿女们了，特地寄来全家福照片，在背后一一注明是谁，嘱我看过后寄回，对于照片上的自己，她加了这么一段描写："因为肌肉松懈、眼皮下垂，右眼珠遮住一半，无法全睁，地道的'面目全非'。另外是腰腿关节僵硬，举步艰难，成了标准的'老态龙钟'，可怕的七十岁。"

但当我在机场见到她时，她一点也没有龙钟老态，相反地，比在台北时精神还好，满面红光，不时用手帕擦汗。对我说："看我们这里多暖和呀。"她女儿思薇说："妈妈，您是见了潘阿姨兴奋得出汗啦！”她哈哈地笑了。她女婿齐锡生教授与唐基一见如故，谈得很投缘，她看了更高兴。到家后一直在厨房里团团转，想帮思薇的忙又插不进手。那神情分外可爱，使我想起在台北时，她请我们大家吃饭，请刘枋掌厨做菜，她也只有在边上团团转拿手帕擦汗的份儿。

思薇夫妇原已安排好游览参观项目，可惜天公不作美，下起大雨来。不争气的我，偏偏又感冒发烧，把沉樱姊急得不知如何是好。后悔不该因自己怕热，却硬叫我少穿衣服受寒。总算第二天好点，由锡生开车一齐到了简宛家。大家与简宛夫妇也是第一次见面，旧雨新知，欢聚一堂，加上我发高烧的插曲，着实热闹了一番。

回家后赶紧打电话给沉樱姊请她放心。她竟幻想我得了肺炎，住院急救，自感罪孽深重，几夜不能安眠。我真气自己的桂花身体，害老友虚惊一场，我才是罪孽深重呢！

她来信说："你走后天一直未放晴，风雨故人，成了故人风雨了。"她又懊恼地说："明明为你准备了软软的绒拖鞋，忘了拿给你穿，厚厚的毛衣也挂在橱里。你走后，打开橱门看到，发了好半天呆。因而想起在台北时，有一次约罗兰来，特地买了西瓜要款待她，却忘得一干二净。罗兰走后，打开冰箱看到西瓜，真有痛不欲生的感觉。"她的信就是这么充满风趣。

她的健忘，是朋友中闻名的。有时她约朋友来吃饭，自己却锁了大门到别的朋友家去了。有一次，一时兴起，捧了一把自己做的纸花，给朋友送去，竟穿了一双拖鞋上公车，丝毫也没发觉。到了朋友家低头一看才发现。那又该是气得“痛不欲生”吧！

从北卡回来后，我写了一篇记那次相聚的稿子给她看，题目是“花开时节又逢君”。她回信说：“七字句做题目，太多了也不太好，令人感到‘雅得俗’。与其“雅得俗”，倒不如‘俗得雅’更可爱。”不过她还是很高兴我把她一家人都夸到了，包括她的小狗“小花”，她说可惜小花听不懂她念的信。

我爱写信，也时常把台北寄来的书报转寄她，她好高兴，说因我的不断去信，使她对信箱又发生兴趣。我也以能与老友分享快乐为幸。我们通电话总在清早八时前。谈到八点就挂断，意犹未尽时，次晨再打。那一段日子，我们精神上好像就生活在一起。电话中谈古说今，真个是快慰平生。后来我又一个人再去了她那儿一次，住在她小公寓里三天，游了心向往之的小集，买了很多小摆饰、旧书籍，满载而归，以弥补上次两天发高烧的遗憾。看她兴致勃勃的神情，真觉得她永远是一位健康老人。

有一回她去约克城（Yrok Town）她妹妹家，也约我们去玩，我们就搭火车去了。她妹夫马先生喜欢方城之戏，沉樱姊居然也兴趣大发，于是她与马先生，加上唐基和我，四个天字第一号慢动作的战友，从晚饭后打到深夜，还没摸完四圈牌。马太太不断地为我们端茶水、拿点心。那是我和沉樱姊第一次打牌，也是生平最快乐最轻松的一次游戏。因为她错张、漏抓、大相公、小相公，不一而足，把人笑得前仰后合。

谈笑间，唐基说起梁宗岱教授是他复旦大学的老师。今日对沉樱姊应当称“师母”。她微微笑了一下，我偷眼看她双颊微红，笑靥里似乎充满了回忆的甜蜜。唐基说梁老师是名教授，上课时除本班学生以外，旁听同学极多，门外都站满了人。他时常穿着英国式西装短裤，和长及膝头的白袜，潇洒地慢步走向课堂。他饲养的一只山羊，像狗似的，温驯地跟在他后面亦步亦趋，直跟他到课堂，才自己转身回去。沉樱姊听得入神，笑眯眯地说：“他就是那德性。”她妹妹气呼呼地说：“那个人！别提他。”沉樱姊说：“她比我还恨他。”看她那神情，想她对梁先生，岂不是“不思量，自难忘”呢！

最近读到《传记文学》上《备受折磨诗人梁宗岱的一生》的报道文章，痛心于“文革”对学者文人的迫害，无所不用其极，想想现在沉樱姊又正在卧病之中，世事沧桑，令人悲叹。我曾在电话中问起思薇她母亲对父亲的感情，思薇说她母亲对父亲一直是又爱又恨。他们两人其实都相互地欣赏，相互地关爱，但因两人个性都太强，永远无法相处。母亲之毅然离开父亲，并不一定是因为父亲对于她用情不专，而是由于个性不合。知母莫若女，思薇的话一定是有道理的，沉樱姊对她先生的用情不专，可能都能容忍。记得在台北她家中时，她曾取出一叠红纸，上面以极潇洒的字体写了一阕阕缠绵的词。我们问她："是梁先生写给您的吗？"她笑笑说："才不是呢！晓得他写给谁的！"可见她对他才华的欣赏。

与沉樱姊几次相聚之后，通信更成了习惯，可是她患手抖之病加深，非得要药物控制。她告诉我："写完一封信，要手痛一晚，但宁愿像小孩子似的，返老还童地一个个字描红，在辛苦中也有乐趣。"又说："想到手痛，便想打电话，但匆匆通完电话，又总后悔不如写信，因为有许多事是只能笔谈而不能口说的。"可见她的喜欢朋友与喜欢写信。尽管她写得如此辛苦，每个字仍是一笔不苟地端正。我因性急粗心，给她写的信太潦草，她幽默地说："你只管随意写，我不怕你'龙飞凤舞'的字，因为跛子更爱看跳跃。"

她的信，有时抒发杂感，有时写眼前景物，随笔写来，都成妙章。她常用自制小卡片给我寄来短简，背面贴着压扁的脱水花草，使人爱不释手。从她的短简中，可以看出她内心的活力，和生活情趣的丰富。例如下面的一封短信，是从马里兰州思明家回北卡自己的小屋后，给我写的：

> 我一日晨七时搭车动身，沿途一片秋尽冬来的肃穆。秋色褪尽，又是一番景象。幸遇晴天，又加由北向南越走越暖，有些恋栈的红叶黄叶，还疏疏落落挂在枯枝，像极大陆的梅花。下午四时半抵达。下车便手提皮包，过马路回小窝，好不潇洒自得。进门才打电话通知思薇明天代取车站行李。回来第一件事是去尚未搬走的PTA，又遇上幸运减价。十分钟塞满一袋，才一元五角。结果竟给你找到一件很新很挺咖啡色大衣，高兴有如中奖，又不止是玩古董滋味。

看她那一份洒脱自在，和对朋友的关怀，哪像是她自己说的“四肢乏力，体气日衰”的人呢?

她不但写信，还给我寄自己别出心裁做的手工艺品。有一次给我寄一个用彩色绒布拼缝的针插，非常玲珑别致。又有一次寄来一本用紫色细绒布做封面，粘贴成的小记事本。

在第一页上，写着极感人的短简：

一早通完电话，整天神清气爽。忽然想到我像只有破洞的皮球。有人给打点气，还能鼓起一下球样，但不久又成了不像样的没气“球皮”。你回台日近，不胜惶惶然。此小册设计简单，可照做。

沉樱　十一、九

那是一九八〇年的十一月，我十二月中旬即将返台，不胜临别依依之情。幸得从一九七七年到一九八〇年，三年中与沉樱姊有数次相聚，我也曾到马里兰思明家小住一周。思明夫妇开车带我们“二老”去华府看樱花，去他每夜钓鱼的港口边观光。一路上，沉樱姊心情愉快，妙语如珠，笑说思明是个大迷糊，总是毫不经心地、迷迷糊糊地自然会走出一条路来。在马里兰的一段日子，她尽情享受了含饴弄孙之乐。她的五岁孙儿说英语口齿伶俐，一说中国话反而会大舌头，奶奶一听他说“你抖胎（你走开），我要对到（我要睡觉）”，就笑得合不拢嘴。

思明夫妇，还曾特地开车陪母亲到我家住了一晚。那时我寓所是暂时的蜗居，设备简陋。但却谈得高兴，吃得开心。

沉樱姊手抖之病已较前严重，服药甚多，回去后来信说："正要电话开张，忽然变哑，真是滑稽，天耶？命耶？都怨不得，怨自己一时糊涂，夜间起来吃药，拿错数量。俗语说'七十不留宿，八十不留饭'，都是经验之谈。"可见在我处住一晚，格外值得珍惜。

我回台后因杂务及教课，非常忙乱，反而少给沉樱姊写信，但总不忘时常给她寄书报杂志，为她解闷。她因手抖之病加剧，也一直不能再来信。天涯海隅，悬念日深。

倒没想到一九八四年夏天，我又有机会再度随外子来美，总希望她身体日益健康，我们又可像以前一样，聚首畅谈了。

通上电话以后，不用说有多高兴了。听她声音似有点迟缓，她本来说话就慢，尤其在电话中。我问她健康情形，她第一句话就说："很高兴，血压倒正常了，只是手抖的病，非服药不可，只怕药量愈来愈增加，到以后就无法控制了。"看来她对此病已有预感。但老友重新可以通电话，她显得非常欣慰愉快，并再三约我一定要去她那儿住上几天，我也发心一定要去。她那时住在 Ann Arbro 一座老人公寓里，离二女儿思清家甚近，可以时常来去，她仍过着自在独立的生活。

因她写信不便，我们就约定每隔几天，在清晨七时到八时之间通一次电话。电话就在她床头，伸手就接，如果铃一响就听到她一声“琦君”，我就好高兴。但有时铃响五六下尚未接，就挂心了。她接上后，告诉我不必担心，是她已起床去洗手间，听到铃声得慢慢摸回来接，叫我千万别挂断，响到十几下以上也没关系，因为房间是单人的。我们也是谈到八时马上挂断，晚间无法打，因她早睡。她说自己睡得好，吃得也好，就是行动迟钝，大不如前了。

我是信佛的，多次劝她念佛。她说念什么佛呢，我说最简单的念阿弥陀佛、观世音菩萨就好。这并非迷信，正如基督徒的祷告一样，使你心情平静安详，对健康自是有益，而且据我个人感受，确实的佛法无边，慈悲的佛，解我多少痛苦危厄。我劝她多次，每回电话中都问她念佛没有，她笑笑说“又忘了”。我不便老催她，免引她反感。只有在自己每天清晨拜佛时发愿为她祈祷。

有一天，忽意外地收到她的短简，附有影印药方一张，是治疗高血压的。她的字虽较前软弱，却仍写得端端正正，她写道：“此药方系一年老读者寄我，服后果有奇效，从此血压总像年轻人，不再出现高峰，现在虽然有病，却不见血压高，少去不少威胁。可惜这些总在国外流传，传人不多。常想有灵方不传，真是罪过，你懂中药，帮忙做点好事吧。”

她因自己有病，更顾念同病之人，真是佛家“以一身所受之苦，推悯大众之苦”的菩提心，令人实在感动。几天后，她在电话里又连忙告诉我，寄我的方子，千万不要转印别人了，免得各人体质不同，反而有害，更是罪过不浅。可见她在病榻上思虑之多，总念念不忘同病之人。

不久，她又给我寄来一张餐巾，上面印有淡雅山水风景。在电话中告诉我，这是公寓餐厅的餐巾纸，时常变换花样，使进餐者得以赏心悦目。她形容公寓走廊、楼梯都布置得像画廊，康乐室中摆满了各色小玩意儿，实在可爱，餐厅饮食也有变化。催我快去分享快乐。可是那时我正忙于搬家，天气又渐寒冷，竟一直未能践约前往。她有一次告诉我可能由思明开车南下探望妹妹的病，过纽约时一定到我家小住。我多么盼望她的来临，但究竟因长途车程太劳顿，她没有能来。失去一次见面机会，内心总有点惶惶然。

有一天，我拨电话没人接，万分挂念中，她竟给我打来了，说是因灌肠住院，护士粗心，她差点死了。因怕我联络不上，真以为她已经死了，特地打电话告诉我。我听不清楚她是为了什么住院要灌肠，她说话断续无力，体力已大不如前，往后几次电话，都是护士代接转告。幸得不久她又出院回公寓，对医院大为不满。从那以后，她精神好像愈来愈差，谈话兴致也没有了。我捏着话筒，内心那一份怅恨、担忧，无法名状。

又过一阵子，电话再度无人接，我实在不放心，再打到思薇家，锡生告知他岳母已由思明接去住进老人医疗院。因为必须医务人员才能照顾她的生活了。我再打给思明，问他母亲详情。思明说，疗养一阵后，已大有进步，可以起床慢慢行走几步，每周末接回家吃中饭，下午回院。至此，我非决心快快去探望她不可。并趁思明在院时，给她打了电话，她低沉的声音说："你来吧，我要告诉你好多医院的事。"并嘱我代问台湾友人好，说罗兰的信，她收到了。我问她能看书吗，她说大的字，戴眼镜可以看，要我给她带去。

去年四月里，唐基特休假开车，先到德拉瓦一位好友家停留一夜，次日由思明来接我去他家。一进门，看她已坐在餐桌边吃饭。她放下碗筷，彼此捏着手，半天都说不出话来。此次重聚，真有隔世之感，因为她的行踪是如此飘忽不定，我总怕会随时失去和她的联络。如今看她如此安详地坐着吃饭，心里一块石头下了地。她瘦多了，和一九七七、七八年见面时相比，差得很远。我屈指一算，我们分别竟将十年了。那一次是同去华府看樱花，这次又是四月樱花季节，真是"似梦如烟，枝上花开又十年"。能不感触万端吗？

思明已自己买一大块地，盖了宽敞的大房子，美轮美奂。

想起十年前我去他家住过的平民小屋，与此已不可同日而语，可见他夫妇努力奋斗有成，真是士别三日，刮目相看。沉樱姊每周回来，享受一顿美餐，也让儿女们尽点孝心。

我向她报告台湾朋友的情形，并转达大家对她的挂念，她浅笑着，谛听着，却没多说话。只是说：“我住老人公寓时，你没来真可惜。”可见她对独立生活的怀念。问她疗养院情形如何，她没有回答。她胃口很好，吃得津津有味，尤其是那条思明头晚钓的，纯昌煎得香喷喷的新鲜鱼。她要我们多吃鱼，还吩咐思明给我带走冰冻库里的鱼。她的细心照顾，无异往昔，我也欣慰她脑筋仍十二分清楚。

但这次和她谈天总比较小心谨慎，因为说快了怕她听不清楚，说多了怕她累。不能像以往似的，任情高声朗笑。我为她捧去一小钵红色仙人球，摆在她面前，她没有作声。若是从前，她一定会高兴地说出许多有关养花的道理。因此，觉得大家都老了，不复有往日情愫了。

使我感动的是她的思考仍非常细密，提到一位文友写的文章对世态人情体认彻底，因此文章掷地有声。她轻喟地说：“写文章容易，处理自己感情就不容易了。”我说起自己的孩子，她说：“不要责备他，千万。”

我们到屋外空地里拍照，我伸手扶她，她却说：“不要扶我，我自己会走。”我赶紧放手，但又不太放心。我知道她的心情，是愿意让老友看到她能自己健步行走。

我要和她合拍一张她坐在轮椅里的照片，她说：“不要，你坐在里面，我站在你旁边。”我立刻从命了。这是一张非常有纪念性的照片。拍照时，她要戴眼镜，她说：“戴上眼镜比较像样些。”她总是希望朋友们看到她整齐的仪容。

她频频催我们小睡片刻，自己却没有睡，说是怕我们误了公路车的时间。睡醒后，我们就匆匆告别，由纯昌送她回疗养院。思明送我们到车站。

在车站候车时，我问思明他母亲在疗养院情形，他说她身体各部分机能都很好，饮食正常，睡得很多，只是由于一个人躺着寂寞，护士们说话又快，她听不清，不由得会产生许多幻想。她迷迷糊糊中，究竟在想些什么，醒来也不愿对他们说。他们工作都忙，不能时刻在旁晨昏定省。姊姊姊夫们也只能经常以电话问候，无法在身边侍奉。这是现实的情态。以沉樱姊一向独立的性格，她是不会因此抱怨或引起感触的。

但她现在眼不能多看，手不能写，孤寂地坐在轮椅里，不能像在北卡时自在地逛小商店，搭车去图书馆看书，叫她如何排遣笼中读秒的时刻呢？她心头涌上的，能不是无穷往事吗？

记得她过去总是劝我不要尽是怀旧思乡，要开拓胸襟往前看。可是一个人到了心余力绌之时，能不为如烟往事黯然神伤吗？

与沉樱姊交往将二十年，她对我在读书写作上，指点鼓励至多。从台湾到美国，我们言笑晏晏的欢聚情景，历历都在心头。如今她有病，最最需要友情安慰的时候，我却不可能去看她陪她。这次好不容易见她一面，却未能多谈。依依惜别之际，焉能免“一回相见一回老”的黯然之感呢？